Louis Sebastian Mercier

Jenneval, oder der französische Barneveldt

Ein Schauspiel in ungebundener Rede und fünf Aufzügen

Louis Sebastian Mercier

Jenneval, oder der französische Barneveldt
Ein Schauspiel in ungebundener Rede und fünf Aufzügen

ISBN/EAN: 9783743677869

Hergestellt in Europa, USA, Kanada, Australien, Japan

Cover: Foto ©Andreas Hilbeck / pixelio.de

Weitere Bücher finden Sie auf **www.hansebooks.com**

Vorrede.

Als der Herr Saurin den Beverley herausgab, schien das Publikum zu wünschen, daß man den berühmten Stoff: Barnevelt, oder der Kaufmann von London, welcher wie der Pendant zu dem Spieler ist, abhandeln möchte. Das Englische Schauspiel von Lillo hat sich einen grossen Beyfall erworben; es verdienet ihn. Es herrscht in demselben jene Wahrheit, jenes rührende Pathetische, welches die Seele dramatischer Werke ist. Der Abschied von Truman und seinem Freunde ist unvergleichlich; aber die Unordnung der Auftritte, das abgeschnittene und zertheilte Interesse, das Seltsame an der Seite des Erhabenen, kurz, alle Fehler der Englischen Bühne werden verhindern, daß es niemals auf der unserigen in der Gestalt, in welcher es sich befindet, aufgeführet werden wird.

Von der Begierde, ein nüzliches Schauspiel heraus zu geben, erhizt, wollte ich die leidigen Folgen eines lasterhaften Umgangs schildern, die Leidenschaft so fürchterlich machen, als sie verächtlich ist, einen Widerwillen gegen jene reitzende und verächtliche Weibsleute einflössen, welche aus der Verführung ein Handwerk machen, feurigen und unvorsichtigen Jünglingen zeigen, daß das Verbrechen öfters nicht weit von schwärmenden Ausschweifungen entfernt sey, und daß man endlich in dem Rausche der Wollust nicht wisse, wie hoch die tobende Hitze steigen kann. Ich habe die Hindernisse zu überwinden und dieses Stück nach unserer Bühne, das heißt, nach unsern Sitten, einzurichten gesucht.

Der Plan des Englischen Spielers war natürlich und ziemlich regelmässig; der Plan des Kaufmannes von London ist ein wirkliches Chaos, in welches man unmöglich Ordnung und Einheit bringen kann. Alle Gelehrten haben die äusserste Schwierigkeit eingesehen, welche ein solches Stück darbot. Man mußte nothwendiger weise eine Dirne auftretten, sie reden und handeln lassen, einen jungen Menschen zeigen, der ihren Reitzungen überlassen, seinem verderbten Geiste allein nachhängend, sie mit der Heftigkeit und der Aufrichtigkeit seines Alters anbetet. Man mußte zu gleicher Zeit solche Bilder entfernen, die fähig sind, die Seele zu beflecken und sie unaufhörlich wegen dem Orte des Schauplatzes bestürmen. Je natürlicher der Pinsel werden sollte, je mehr foderte er die Hand der Kunst, ihn zu führen.

Für mich war es genug, daß ich diese Punkten zu erfüllen hatte. Ich wagte es nicht, weiter zu gehen. Barnevelt, als Meuchelmörder seines Oheims, mit Händen, die er von seinem Blute gefärbt, zurückkommend, auf ein Henkergerüst steigend, um einen Vatermord zu büssen, würde ganz gewiß den Zuschauern ekelhaft gewesen seyn. Wir werden bey den Schwachheiten, den Unglüksfällen, sogar bey den Unordnungen der Leidenschaften mitleidig; aber wir haben keine Thränen für einen Mörder. Seine Sache wird uns fremd. Er wird nicht mehr unter die Gesellschaft gezählt. Sein Verbrechen drükt unsere Seele wie eine schwere Last; nichts rechtfertigt ihn, nichts entschuldiget ihn in unsern Augen, und die Pariser Schaubühne wird durch keine Brücke mit dem Platze vereinigt, auf welchem Missethäter am Leben gestraft werden.

Aber wie sollte ich auch die ganze theatralische Stärke beybehalten und die französische Zärtlichkeit schonen, die mir in diesem Stücke billig und verehrungswürdig scheint? Wie sollte ich die Leidenschaft in ihrem ganzen Nachdrucke zeigen und doch den moralischen Endzweck nicht verlieren, zittern machen und doch kein Entsetzen wirken? Ich habe den Jüngling an den Rand des Abgrundes geführet. Ich habe ihn die ganze Tiefe desselben abmessen lassen. Es wäre mir leicht gewesen, ihn hinein zu stürzen: Aber ich berufe mich auf die Nation. Hätte sie, ohne zu erblassen, einen von dem Durste des Goldes und der Wollust geleiteten Rasenden sehen können, der hinläuft, den Dolch in die Brust eines Tugendhaften zu stossen? Nein, sie würde das Gemälde zurückgeworfen haben, denn es ist nicht für sie gemacht; sie vermuthet keinen Vatermörder mitten unter den empfindungsvollen Seelen, die in ihr Schauspiel kommen, um daselbst gerührt zu werden und zu weinen. Man kann berwegt, erschreckt werden, ohne daß der Dichter das Herz auf eine traurige und unangenehme Art drücke. Muß man verwunden, um zu heilen? Ist es nicht genug, wenn man die Seele mit dem sanften Gefühle des Mitleids umgiebt, diesem siegreichen Gefühle, das unsere Gedanken in uns selbst kehret, uns prüfet und auf eine so sanfte, als innerlich freundschaftliche Art überwindet? Wird man wohl glauben, daß der schwache und hintergangene Jüngling die Augen nicht öfnen und sich von der bezaubernden Verblendung losreissen kann, ohne daß man ihm im Grunde der Schaubühne Strick, Galgen und Henker zeige? Und warum soll man in dieser rührenden und schrecklichen Verfassung, da die Stimme eines Weibes einen Meuchelmord gebeut, dem bestürzten und geängstigten Jünglinge keinen Rückweg zur Tugend lassen? Ist diese Rückkehr nicht natürlich, und ist der neue moralische Endzweck, den sie an die Hand giebt, indem sie einen edeln Begriff von den siegreichen Kräften, die in uns selbst verborgen liegen, beybringt, nicht dazu gemacht, sowohl das Volk, als den Weltweisen zu vergnügen?

Ich war also genöthigt, das Englische Stück zu verlassen, und so zu reden, ein neues Schauspiel zu verfertigen. Ich habe den Grund zu zween Charaktern beybehalten; und in Ansehung des Uebrigen bin ich allein gegangen. Ich habe es bedauert, daß ich verschiedene Schönheiten aus dem Englischen nicht in mein Stück bringen konnte; da ich aber einen ganz verschiedenen Plan befolget, konnten diese Schönheiten ihre Stelle nicht finden. Kurz, da ich für meine Nation arbeitete, durfte ich ihr keine grausamen Sitten vorstellen.

Ich könnte hier meine Gedanken über diese nüzliche Dichtungsart anführen, welche die Unglüksfälle und die Pflichten des bürgerlichen Lebens in ein so helles Licht setzet; welche, mehr noch als das stolze Trauerspiel, zu jener Menge redet, unter welcher so viele neue und empfindliche Seelen ruhen, die, um gerührt zu werden, nur das Geschrey der Natur erwarten. Ich könnte zeigen, daß die meisten dramatischen Schriftsteller unglüklicher weise bisher nur für eine sehr kleine Anzahl Leute gearbeitet haben; daß der glükliche Erfolg, den sie in der Verbesserung der Sitten suchen und erwarten sollten, ihren Bemühungen fehl geschlagen habe, weil sie ihr Genie zur Schilderung prächtiger Gemälde, die aber meistentheils nur aus ihrer Einbildung entstunden, angewandt haben. So schön sie auch seyn mögen, rühren sie doch den grossen Haufen der Nation nicht, weil sie die nothwendige Gleichheit mit dem allgemeinen Unterrichte nicht besitzen. Die Schriftsteller haben, so wie die Grossen, das Ohr des Volkes zu verachten geschienen.

Bey den Griechen war der Endzweck des Trauerspiels merklich. Es sollte das republikanische Genie nähren und die Monarchie verhaßt machen. Ich verstehe den Corneille sehr wohl; aber, man muß es gestehen, für uns ist er fast ein fremder Schriftsteller geworden und wir haben so gar das Recht verlohren, ihn zu bewundern. Wir lieben das Glatte und Herkuls Keule hat

Knoten. Kurz, Corneille hätte sollen in Engelland gebohren werden. Was bleibt uns jezt zu thun übrig, als Laster zu bekämpfen, welche die Ordnung der Gesellschaft stöhren? Dieß ist unser ganzes Amt; und weil nicht mehr von jenen wichtigen und grossen Angelegenheiten die Frage ist, die auf ewig von den unserigen getrennet sind, so suche ich meines Gleichen, diese sollen mein Augenmerk seyn und nur mit ihnen allein will ich mich ins künftige rühren lassen.

Es ist also sonderbar, daß unter so vielen Schriftstellern, die ihr Geschmack zu der Untersuchung und Schilderung der Charaktere angetrieben hat, fast alle den Umgang mit Leuten vom Lande verachtet, oder an ihnen nur ihren äusserlich groben Schein angesehen haben. Welch ein Schatz für einen moralischen Dichter ist die Natur in ihrer Einfalt! wie viele Sachen zu malen, dem Ohre der Fürsten zu offenbaren! wenn ich mich nicht irre, so sollte, da wir es in der Weltweisheit so weit gebracht haben, heut zu Tage der Monarch in die Reihe der Zuhörer herabsteigen und den Hirten die Bühne betretten lassen. Diese Umkehrung des Schauplatzes würde vielleicht die glüklichste und zugleich die lehrreicheste Gestalt bekommen. Der Bauer von der Donau erscheint einen Augenblick mitten unter dem Römischen Senat, und wird der gröste Redner.

Wir wollen es gestehen, die dramatische Kunst hat ihre Wirkung nicht erhalten, man hat sie in enge Schranken eingekerkert, wir haben fast keine wahre Nationalstücke, der nachahmende Geschmack hat die kostbare Wahrheit verbannet; solche Trauerspiele, wo keine Verbrechen gekrönter Häupter, unfruchtbare Verbrechen, deren wir müde sind, sondern wirkliche und unsers Gleichen gegenwärtige Unglüksfälle vorkommen; sind unstreitig für die Schilderung die schwersten; denn jederman ist Richter der Aehnlichkeit und diese muß genau und vollkommen übereintreffen, sonst hat sie durchaus keine Wirkung. Der Dichter, der mir den fleissigen Armen schilderte, der, von seiner Frau und seinen Kindern umringt, unerachtet einer mit der Morgenröthe angefangenen und spät in die Nacht fortgesezten Arbeit, sich aus dem schreklichen Elende, das ihn drückt, nicht heraus winden kann, würde mir ein Gemäld liefern, das wahr wäre und welches ich vor Augen hätte. Dieses dem Vaterlande vorgestellte Gemäld würde es durch Empfindungen aufklären, ihm gesundere Begriffe von der Staatskunde und Gesäzgebung beybringen, ihre wirklichen Fehler beweisen: und folglich wäre diese Schilderung nüzlicher, als jene entfernten Staatsveränderungen, die sich in Staaten zugetragen haben, welche uns gar nichts angehen können.

Ich könnte noch weitläuftiger erklären; allein es ist zu leicht und zu gefährlich, sich zum Gesäzgeber aufzuwerfen. Die Eigenliebe überedet uns auf eine unvermerkte und fast natürliche Art, daß die Kunst und wir nur eins wären. Diesen Fallstrick muß man vermeiden, in welchen die Eitelkeit leicht fällt. Indessen wird sich der Kunstrichter, der nur einen engen Geschmack, eine trockene und unfruchtbare Seele hat, einbilden, die Kunst wäre zerstöret, weil sie eine neuere Gestalt erhalten hat. Er wird nicht merken, daß die Kunst nur ihre Reichthümer vermehret und ihre Grenzen erweitert hat. Als ein trauriger Neidiger, ein kalter Schwätzer, der so gar nicht vorher zu sehen weiß, daß er in Gefahr stehet, morgen über dasjenige zu erröthen, was er heute geschrieben hat, wird er es wagen, diese Dichtart die Zuflucht der Mittelmässigkeit zu nennen. Als wenn dieß nichts wäre, mit Gefühl und mit Wahrheit zu malen, als wenn das Genie an die Griechische, Persische oder Römische Kleidung geheftet wäre und sklavisch von der oder jener Person abhienge.

Welcher Vergleich, sagt der Verfasser der französischen Dichtkunst, zwischen dem Barnevelt und der Athalie, in Ansehung der Pracht und der Majestät des Theaters! aber auch welcher Vergleich in Ansehung des Pathetischen und der Moralität!

Der allgemeine Wunsch der Nation, ich darf es sagen, ist, endlich Schauspiele zu sehen, die uns zugehörten und deren moralischer Endzweck uns näher und also wirksamer wäre. Die ersten Versuche sind mit eifrigster Freude aufgenommen worden. Man sehe, was für einen glüklichen Erfolg der Hausvater, der Weltweise ohne es zu wissen, Beverley und andere in allen unsern Provinzen gehabt haben. Jeder Bürger sagte, dieß müssen wir unsern Kindern, unsern Geschwistern, unsern Ehegatten vorstellen. Dieß sind endlich Lehren, die in ihren Herzen Frucht bringen können. Jemehr sich die Dichtung den gewöhnlichen Begebenheiten nähert, desto mehr öfnet sie, wie Gravina sagt, den Sittenlehren, die sie enthält, einen freyen Eingang in die

Der Verfasser des Hausvaters, dieser Mann von grossem Genie, könnte in dieser Gattung alle unsere Wünsche erfüllen und unsere Lobsprüche an sich reissen. Ach! wenn er die Pinsel mit der nemlichen Hand ergriffe, die das weite Feld der Künste durchgangen, wie sollten alsdann alle Stände des bürgerlichen Lebens, die er gesehen und durch öftern Umgang kennen gelernet hat, von seiner fruchtbaren und feurigen Seele den Unterricht einer Sittenlehre erhalten, die sie auf ihre verschiedenen Stände beziehen könnten! und was würden alsdann vor ihm jene Schriftsteller werden, die ausser ihrem Jahrhunderte und ihrem Vaterlande eine nachdrüklich rührende Natur mühsam aufsuchen, die sie vor den Augen haben und zumalen zu schwach sind!

Jenachdem sich die Einsichten erweitern und verstärken, entstehen auch in den Künsten neue Verbindungen. Sie sind Früchte der Zeit, der Erfahrung und des Nachdenkens. Unstreitig ist es dem Jahrhunderte der Weltweisheit vorbehalten, dem Volke eine Gattung zu geben, deren Personen es verstehen und erkennen kann. Das dramatische System hat sich seit dem Corneille bis auf den La Chaussee merklich geändert; noch einige Schattirungen mehr, eine neue Stufe der Wahrheit und des Lebens, und dann wird die Nation ihre Dichter segnen. Man ist zum Exempel dem Herrn d'Arnaud Lobsprüche schuldig; er hat vor kurzem eine neue Gattung rührender und kläglicher Schauspiele bestimmt; er hat den grossen Kampf zwischen Religion und Liebe, den zwo Mächten des menschlichen Herzens, vorgestellt. Er hat sie gesehen, so wie sie sind, so, wie sie in den Klöstern seufzen, und wie viele unglükliche Herzen haben sich in seinen Gemälden erkannt! wie viele andere werden es vermeiden, ihre Schwachheit der tyrannischsten Leidenschaft also entgegen zu setzen! Welche Stärke, welchen Einfluß würden die Schriftsteller auf die Gemüther wirken, wenn sie niemals vergässen, daß die Gaben nichts sind, wenn sie sich nicht an einen nüzlichen Gegenstand wenden! Welchen rührenden Nachdruck, welchen gewissen Sieg würde zu gleicher Zeit unsere Schaubühne erhalten, wenn man sie nicht mehr als den Schutzort müssiger Leute, sondern als die Schule der Tugenden und der Pflichten des Bürgers ansehen würde! Welche Kunst, die bey vereinigten Willen aller, aus allen Herzen nur ein einziges und das nemliche Herz machen kann! Was für beredte Gemälde könnten wir endlich zur Schau ausstellen, wenn wir aus dem glüklichen Gesichtspunkte, in welchem wir sind, unsere Arbeit anfiengen!

Jenneval

ein

Schauspiel.

Personen.

Herr Dabelle, ein Kaufmann, der Comptoir hält.

Lucile, Herrn Dabells Tochter.

Jenneval, ein junger Jurist, der bey Herrn Dabelle wohnt.

Bonnemer, Herrn Dabells Caßirer, Jennevals Freund.

Ducrone, Jennevals Oheim.

Orphise, Lucilens Base, die vor kurzem geheyrathet.

Rosalie.

Justine, Rosaliens Vertraute.

Brigard, ein Betrüger, Raufer ꝛc.

Ein Factor.

Ein Bedienter.

Der Schauplatz ist zu Paris.

Erster Aufzug.

Erster Auftritt.

Herr Dabelle, (allein vor einem Tische sitzend, der mit Papieren bedeckt ist. Er schreibt.)

(Der Schreiber kömmt herein und bringt verschiedene Briefe, der Herr Dabelle öfnet sie und so, wie er sie gelesen hat, giebt er sie zurück und sagt:)

Antworten Sie diesen Augenblick auf diese drey Briefe — Machen Sie, daß denen Soldaten, die ihre Zeit ausgehalten haben, der Abschied ausgefertiget wird. Wir wollen den Provinzen Leute zum Feldbau wiedergeben und niemals die öffentliche Treue verletzen. Sie ist noch heiliger, als jene der Privatleute. Eilen Sie sich mit dieser andern Ausfertigung; sie ist wichtig, sie betrifft verschiedene Unglükliche — (Er hat einen Brief behalten, der ihn besonders angeht. Er liest ihn und hält ihn entsiegelt in der Hand; der Schreiber geht ab.) Dieser Tag ist also darzu gemacht, mich in Verwunderung zu setzen — (mit lauterer Stimme)

Nein, nein, der Ehrgeitz, in die Verwandtschaft eines mächtigern und reichern Mannes, als ich bin, zu kommen, wird mich nicht blenden. Ich will, daß ihre Hand sich mit ihrem Herzen gebe. Wehe dem Vater, der hart genug ist, aus dem heiligen Bande der Ehe ein durch Eigennutz geknüpftes Band zu machen. Graf! Ihr Brief macht mir viele Ehre; aber wenn meine Tochter sie nicht darzu ernennt, so ist meine Antwort schon ganz fertig.

Zweyter Auftritt.

Herr Dabelle, Lucile.

Luc. (geht zu ihrem Vater und küßt ihm mit Ehrfurcht die Hände.)
Mein Vater!

Hr Dab. Guten Tag, mein Kind. Ich erwartete dich diesen Morgen noch mit grösserer Ungedult, als die andern Tage. Wir müssen eine ziemlich lange Unterredung miteinander haben. Ich habe dir viele Sachen zu sagen, und ich wünsche, daß Lucile mit ihrer gewöhnlichen Freymüthigkeit darauf antworte.

Luc. Sie sprechen immer so sehr gütig mit mir. Sie urtheilen so günstig von meinem Herzen, daß ich fürchte, Ihre Lobsprüche nicht verdienen zu können —— Sie wissen, mit welchem Vergnügen ich Ihnen zuhöre —— Niemals fand ich mich schüchtern vor Ihnen; aber wie oft haben Sie mich gerührt!

Hr Dab. Ich bin zu sehr davon entfernt, mir Vorwürfe wegen der Gelindigkeit zu machen, die ich dir immer bezeigt habe, als daß ich sie verlassen sollte. Und wie kann man sich wohl dazu entschliessen, sein Kind nicht wie sich selbst zu halten? Nur an der väterlichen Sorgfalt soll es denjenigen erkennen, dem es das Leben zu danken hat —— Setze dich nieder, meine Tochter —— Ich weiß dir Gerechtigkeit wiederfahren zu lassen —— (Lebhaffter) Als die geliebte Gattin, deren Züge und Tugenden ich wieder in dir, als in ihrem Ebenbilde erblicke, als deine Mutter, die stolz darauf war, die Pflichten zu erfüllen, welche dieser geheiligte Name auferlegt, dich auf ihrem Schoose stillte, da lag meine Lucile noch in der Wiege, und in unsern sanften Gesprächen redeten wir schon von ihrer künftigen Vermählung. Mitten in der Freude, die unsere Herzen durchdrang, warfen wir für sie unsere Blicke in die Zukunft —— (mit einem eben so rührenden, aber ernsthaftern Tone) Deine Mutter ist gestorben, Lucile; sie hat mich allein, mitten unter der Arbeit deiner Erziehung, hinterlassen; aber das von ihren Händen angefangene und nach dem edelsten Muster gebildete Werk hat sich von sich selbst vollendet; du bist mir an ihrer statt —— Aber es giebt einen Endzweck, für den du gebohren bist. Jedes Alter hat seine Bestimmung und jeder, der sie nicht erfüllt, bereitet sich ein grössers Unglück, als jenes ist, welches er zu vermeiden glaubt —— Ich fühle, daß es dir schwer fallen wird, dich von deinem Vater zu trennen; mir liegt es ob, dich zur Wahl eines Gatten zu bewegen —— Ich muß dich einmahl verlassen; die Gruft, in welcher deine Mutter ruhet, erwartet mich. Alsdann, wann du mich nicht mehr hättest, würbest du ohne Beschützer, ohne Freunde, allein bleiben. (Lucile steht bekümmert auf und möchte reden; Herr Dabelle nimmt ihr die Hände) Nein, meine Tochter, auf dieses giebt es keine Antwort. Halt deine Thränen ein; ich werde vergnügt sterben, aber zuvor will ich dein Glück vestgesetzt haben.

Laß uns also hier unsere Angelegenheiten überlegen; täglich verwunderst du dich, Häuser zu sehen, wo unter einer scheinbaren Ruhe die Zwietracht herrschet; Herren, die hart sind oder sich durch ihre Bedienten leiten lassen; Weiber, die weder beständig noch zärtlich sind; Häupter der Familien und Hausväter, deren Kindheit bis in das späteste Alter fortdauret. O meine Tochter, dieß ist der Urspung des Uebels, daß die besten Eigenschaften einem traurigen Reichthume nachgesezt werden. Man läuft dem Glücke nach, man vernachlässigt die gesellschaftlichen Tugenden. Unter dem glänzenden Schimmer des Reichthums findet sich öfters das menschliche Herz sehr arm. Man sieht sich betrogen, wenn es nicht mehr Zeit ist, zurückzukehren. Ich habe dich bey Zeiten dazu gewöhnet, das wahre Verdienst von jenem zu unterscheiden, das ihm nur äuserlich gleichet. In dem väterlichen Hause erzogen, hast du in demselben gesehen, was wahr, was schön, was redlich ist. Das Laster hat sich deiner Einbildungskraft nicht anders gezeigt, als wie Bilder, die sich in dem Schatten verlieren. Jezt bist du in dem Alter, wo sich die Vernunft mit dem Gefühle vereinigt. Jezt ist der Zeitpunkt, wo ich für meine Mühe belohnt werden soll—

Ich habe dir es schon gesagt, meine Tochter, mehr als drey Viertel meiner Tage sind verflossen —— Antworte mir, werde ich den Trost haben, dich in den Armen eines Gatten zu hinterlassen? Ich habe immer gewartet, bis dein Herz reden würde; ich will es gestehen, mit geheimer Ungedult habe ich die mindesten Regungen desselben belauschet. Ich hielt es für würdig, selbst zu wählen und überließ ihm die Freyheit der Wahl. Mein Haus war allen denen offen, die deine Hand verlangen konnten. Alle haben sich erkläret und du, bey dem Genusse meines Vertrauens und meiner Achtung, Lucile, du sagst mir nichts.

Luc. Wenn ich es wagte in einer Wahl zu entscheiden, zu welcher Sie allein berechtigt sind, mein Vater, so würde eine allzugrosse Reue die Folge meiner Unbesonnenheit seyn. Diese Freyheit ist für mich eine Last. Ich verirre mich, ich verliere mich in der Untersuchung der in der Gesellschaft häufig erscheinenden Leute, und da ich die Personen, die Ihnen vielleicht anständig sind, zu streng beurtheile, ziehe ich den Gehorsam vor. Er ist die Tugend meines Geschlechts und schikt sich vollkommen zu meiner Verfassung. Wie sollte Ihre Tochter denjenigen nicht lieben können, den Sie zum Sohne gewählt haben würden? Nennen Sie ihn nur, ich werde Tugenden an ihm finden.

Hr Dab. Keiner ist noch angenommen; nein, glaube es deinem Vater. Wenn ich mein Herz anhörte, zitternd, unentschlüssig, würde ich es niemals wagen, seinen Namen zu nennen. Ich würde strenger seyn, als du selbst, und die

Zärtlichkeit eines Vaters würde noch empfindlicher seyn als die deinige. Nur zuviel sehe ich, wie die von Tage zu Tage mehr verdorbenen Sitten es so schwer machen, das glüklichste Band zu knüpfen; aber dennoch giebt es einen Zeitpunkt, wo man sich entschliessen muß. Keine Menschen zu finden, mit welchen du glaubtest dein Leben zubringen zu können, wäre eine die Gesellschaft entehrende Beleidigung. Der Jüngling, den du lieben wirst, sollte er auch ohne Tugenden seyn, wird nicht lang mit dir leben, ohne sie zu kennen.

Luc. Mein Vater, verschonen Sie Ihre Tochter; Ihre Lobsprüche haben sie Schamröthe gekostet.

Hr Dab. Durch diese Lobsprüche suche ich dich aufzumuntern, dich derselben noch würdiger zu machen. Lucile, wenn ich dich zum voraus lobe, daß du das Glück eines redlichen Mannes machst, so geschieht es, weil ich gewiß versichert bin, daß du es machen wirst. Stand und Reichthum sind in deinen Augen, so, wie in den meinigen, nichtswürdige Träume. Du wirst nur die Stimme deines Herzens anhören. Rede, ich erwarte dein Geständniß.

Luc. (mit Verlegenheit.) Nun, ich bezwinge meine Blödigkeit. Nennen Sie mir also diejenigen, die sich erkläret haben. Wenn mich einer unter denselben zu einer entscheidenden Wahl bringen kann, so —

Hr Dab. Jederman weiß, warum der Dorimon, der junge Voclair hieher kömmt. Die Frau Desmare kömmt alle Tage wegen ihrem Sohne; der Herr Mersal und der Rath folgen einander ziemlich nahe. Sie haben dir Zeit genug gelassen, sie kennen zu lernen, und jeder begehret den Vorzug.

Luc. Darf ich frey über sie sprechen?

Hr Dab. Es ist nöthig, meine Tochter.

Luc. Nun, in keinem derselben sehe ich denjenigen, den ich zu meinem Gatten ernennen werde. Herr Dorimon verstellt sich zu sehr vor meinen Augen. Man sieht, daß er zittert, sich so zu zeigen, wie er ist. Es dünkt mich, als bemerkte ich in ihm einen Charakter, der nicht leicht zu ergründen ist und ich fürchte mich vor einem unerforschlichen Manne. Der junge Voclair ist gar sricht. Er hat mir noch kein Wort gesagt, welches mir zum Beweise diene, daß er denken kann. Der Sohn der Frau Desmare ist ein zu unentschlossener Mensch, als daß er mich für ihn einnehmen könte. In einer Stunde habe ich ihn dreysigmal seine Meinung denjenigen zu gefallen ändern gesehen, die seines guten Willens spotteten. Der Rath hat das Unglück gehabt, zu jung eine Stelle zu erhalten; er hat nichts gelernet; er pralt, entscheidet und hält sich für deu gebohrnen Richter der Welt; in Kleinigkeiten habe ich ihn zu ernsthaft, und in Sachen, in welchen das allgemeine Anliegen verwickelt war, zu flüchtig und ungereimt gefunden. Herr Versal hat sich mir bisher nur dadurch gefällig zu machen gesucht, daß er immer in einem zierlichern Kleide erschien, als den Tag zuvor; er scheint sein Daseyn nur seinen schönen Spitzen und den Blumen seiner Weste zu danken zu haben. Kurz, ich habe

B 2

vergebens ein Verdienst suchen wollen, das mich reitzen könnte; aber ich sehe rund um mich her nichts, als geborgten Schimmer. Ist es mein Fehler, wenn Sie mich so empfindlich gemacht haben? Muß nicht derjenige, der Sie seinen Vater nennen wird, irgend eine Ihrer Eigenschaften besitzen?

Hr Dab. Vielleicht errathe ich ihn, der Graf von Stal; was denkst du darüber?

Luc. (bestürzt.) Der Graf, mein Vater!

Hr Dab. (lächelnd.) Hier ist sein Brief, du solst mir die Antwort dictiren. (Lucile nimmt den Brief an und liest ihn.) Aber sage mir geschwind, ob er es ist. Gräfin zu werden ist ein Reitz, der den Kopf verrücken könte!

Luc. (mit Anstand.) Zum Glücke blendet mich alles dieses Flittergold nicht. Ich stelle mir den Grafen vor, seiner Titel und seiner Güter beraubt. Dann sehe ich nicht, daß er den Vorzug vor seinen Nebenbuhlern verdiente. Ich liebe ihn nicht.

Hr Dab. Solltest du wohl gar niemand lieben?

Luc. (zaudernd.) Nein, mein Vater.

Hr Dab. (mit einem beweglichen und standhaften Tone) Lucile! Sagst du mir die Wahrheit?

Luc. Sie nöthigen mich — Sie entreissen mir ein Geheimniß — Aber wie kann ich der Macht Ihrer Güte widerstehen? — wie kann ich Ihnen verschweigen — Ich muß Ihnen gehorchen.

Hr Dab. Wenn Geheimnisse sind, die du nicht in den Schoos eines Vaters ausschütten kanst, der als ein Freund mit dir umgeht, so verlange ich nichts mehr zu wissen.

Luc. (zärtlich.) Niemals werde ich einen andern Vertrauten haben, als Sie. Sie sollen mich leiten, Sie sollen mich trösten —— Ich fürchte, daß ich liebe —— Ich glaube, daß ich liebe —— Ich thue mir selbst den größten Zwang an, gewiß den größten —— Aber, vergessen Sie nur nicht ——

Hr Dab. Wie, meine Tochter, solltest du deinen Vater nicht besser kennen?

Luc. Das Herz klopft mir; warum zittre ich doch so?

Dritter Auftritt.

Herr Dabelle, Lucile, Bonnemer.

(Bonnemer tritt langsam herein, mit niedergeschlagener Stirne und übereinander geschlagenen Armen.)

Hr Dab. Bonnemer kömmt. (bey Seite) Er scheint betrübt. (laut) Was fehlt Ihnen, mein Freund? —— Sie scheinen mir ganz verwirrt. Kann ich erfahren, was für ein Kummer ——

Bonnem. (mit einem traurigen Tone.) Ach! mein Herr! man wird wohl recht auf dieser Welt hintergangen. Inskünftige muß man dem sanften Vergnügen des Vertrauens entsagen. Mancher, der das redlichste Gesicht hat, hat ein lügnerisches Gesicht. In diesem Jahrhunderte ist die Jugend unerforschlich. Diese unglükliche Stadt ist so geschickt dazu, die Ausschweifungen derselben zu begünstigen und zu unterhalten. Wer hätte es sagen sollen? —— Jenneval —— Unglüklicher Jüngling!

Hr Dab. (erstaunt.) Nun, Jenneval? (zu seiner

Tochter, die durch eine Bewegung zeigt, daß sie fortgehen will.) Bleib hier, meine Tochter, wir müssen unsere Unterredung wieder fortsetzen.

Bonnem. Mein Herr, ich habe seinen Vater gekannt. Dreyßig Jahre lang waren wir Freunde zusammen. Er starb in meinen Armen. Sterbend empfahl er mir seinen Sohn. Wachen Sie über ihn, sagte er zu mir, und leiten Sie seine Jugend; in ihm liegt der Saame zu grossen Leidenschaften; bewahren Sie ihn vor den Unglüksfällen, die daraus entstehen. Sollte es möglich seyn, daß eine so reine Quelle verderben und dieses tugendhafte Geblüt aus der Art schlagen könnte! —— Er schien so tugendhaft, so ordentlich zu seyn! —— Nein, noch kann ich es nicht begreifen —— unglüklicher Jenneval!

Luc. (bey Seite.) O Himmel! was wird er entdecken?

Hr Dab. Nun, was hat er gethan, der Jenneval? Fassen Sie sich.

Bonnem. Ach! der tiefeste Schmerz wird durch Ihre Seele dringen. Dieser Jüngling —— Sie sahen es, ich war sein so eifriger Freund — ist meiner Freundschaft nicht mehr würdig. Er hat mich schändlich hintergangen.

Hr Dab. Wie?

Bonnem. Ich hatte ihm den Auftrag gegeben, den Wechselbrief einzunehmen, den ich morgen in ihrem Namen wieder erstatten soll. Nun, mein Herr, habe ich sichere und gegründete Nachrichten, daß er das Geld empfangen hat, und, seit diesem Tage habe ich ihn nicht mehr wieder gesehen.

Luc. (bey Seite.) Unglükliche! verbirg deine Verwirrung.

Hr Dab. (mit kaltem Blute.) Aber haben Sie mir nicht gesagt, er wäre seit vier Tagen auf dem Lande bey seinem Oheim?

Bonnem. Und dieß war ein Fehler von mir. Ich habe den seinigen einige Zeit lang verbergen wollen. Ich habe die traurige Wahrheit verheelet, um ihm Zeit zur Reue zu lassen. Ich habe den Jenneval in dieses verehrungswürdige Haus gebracht, das der Schutzort der Tugenden ist. Er gewann Ihre Hochachtung; ich wollte sie ihm bewahren; aber ach! er ist ein verlohrner Mensch, der arme Jüngling. Wie viel Kummer verursachet er mir! Wie gerne möchte ich jene glükliche Zeit zurükrufen, wo er in dem Alter der Unschuld keine Stimme hörete, als die meinige! Ich glaubte, der einzige Gedanke, wie unruhig ich seyn müßte, würde ihn zu mir zurükführen; aber man sah ihn seine Schritte nach jenen abgelegenen Häusern leiten, wo ohne Zweifel die schwärmende Wollust ihre traurigen Schlachtopfer unterhält. Sagen Sie nun, ob ich ihn noch für meinen Freund annehmen soll, und ob nicht meine Thränen gerecht sind, die über diese redliche Seele fliessen, die ein Augenblick verführt hat. Ich hielt immer zurük, endlich habe ich Ihnen wohl alles gestehen müssen.

Hr Dab. Was Sie mir hier sagen, sezt mich in Erstaunen und in die äusserste Betrübniß. Ich kannte in ihm Rechtschaffenheit und Sitten; diese That ist seiner natürlichen Neigung sehr zuwider; aber die flüchtige Hitze der Jugend, das ungestümme Feuer der Leidenschaften, der reitzende Frühling des Alters, die gefährliche Wirkung der Beyspiele — Man wird ihn verführt haben, mein lieber Bonnemer, man wird ihn verführt haben. Sie haben Muth und Wachsamkeit nöthig. Seyen Sie immerfort thätig, aber immer mit Behutsamkeit; verschweigen Sie diese Begebenheit. Ein Wort, das in der ersten Hitze des Eifers entfährt, hat zuweilen einen unwiederbringlichen Schaden verursacht; zweytausend Thaler sind nichts, aber der Verlust eines fühlbaren und wohl gearteten Herzens ist wichtig genug, um ihm vorzubeugen. Oefters hat eine Unbesonnenheit in dem Munde der Bosheit alle Kennzeichen des Lasters erhalten und vielmals hat man einen tugendhaften, aber schwachen Mann auf die ganze künftige Zeit seines Lebens um seinen guten Namen gebracht. Geben Sie immer genau auf ihn Achtung, aber immer unter dem Scheine, als verliessen Sie sich in Ansehung seiner guten Aufführung auf ihn selbst; bezeigen Sie ihm noch Ihre Achtung; dieß ist ein gutes Mittel, gutgeartete Herzen von demjenigen zu entfernen, was sie unserer Achtung unwürdig machen könnte; kömmt er mit den Empfindungen der Reue zurük: so wird er immer noch die nemlichen Rechte auf mein Herz haben — Eilen Sie, entreissen Sie ihn dem Laster, er wird Ihre Stimme erkennen, Reue fühlen und wir werden ihn so wieder finden, wie ich ihn zuvor gekannt habe.

Bonnem. (sieht Lucilen an.) Ach! mein Fräulein! welch ein Vater, und für mich welch ein Freund! (zu dem Herrn Dabelle) Ihre Großmuth erwekt die meinige. Das Mitleiden folget auf meinen Zorn. Wie sollte ich nicht gelind seyn; Sie geben mir ein so rührendes Beyspiel.

Hr Dab. Jeder Augenblick ist kostbar. Kommen Sie dem schnellen Wachsthume des Verderbens zuvor; aber bedecken Sie seinen Fehler mit dem geheimesten Schleyer. Geben Sie ihm so gar zu verstehen, als hätte ich nichts davon erfahren. Die Schamhaftigkeit erwache in seiner Seele, ehe er wisse, was Schimpf ist; denn jeder, der sich einmal erniedriget sieht, hat nicht mehr den Muth, in die Bahne der Tugend zurückzukehren.

Bonnem. Ach! Warum kann er sie nicht hören!

Vierter Auftritt.

Herr Dabelle, Lucile.

Hr Dab. Meine Tochter, dieser ehrliche Mann hat uns gestöret — Aber du weinest, du wirst gerührt wegen diesem Unglüklichen, der sich verirrt hat — Sey ruhig, er kann von seinem Falle aufstehen und von seinem Falle selbst einen grössern Glanz erhalten — Ich habe deine Thränen gesehen, umarme mich, und besonders verheele mir nichts mehr.

Luc. Ich war im Begriffe, Ihrem anhaltenden Begehren nachzugeben. Ich Unvorsichtige! vielleicht hätte ich einen Namen genannt, vor dem ich einen Augenblick hernach erröthet wäre — Nein, erlauben Sie, daß ich Ihnen das

Recht wiedergebe, welches Ihnen zukömmt; darf ich wohl wählen, wenn Sie selbst verlegen sind —— Was für schreckliche Beyspiele für ein furchtsames Mädchen! —— Sie sehen es, Jenneval und so viel andere; deren Aufführung untadelhaft schien —— die Jugend wird immer schlimmer; und, wie Sie es vor einem Augenblicke sagten, die Ehe ist in diesem Jahrhunderte ein zu gefährliches Band, um es so leicht zu knüpfen —— Lassen Sie mich immer bey Ihnen leben. Ich bitte Sie darum, um Ihrer Güte willen —— Glauben Sie gewiß, daß das Vergnügen, bey einem Vater zu leben, die Freude, einen Gatten zu besitzen, überwiegen kann. Warum sollten wir uns so sehr vor einer Zukunft fürchten, für die der Himmel sorgen wird?

Hr Dab. Ich lege dein Stillschweigen aus, meine liebe Tochter; es ist mir wichtig, es rühret mich —— Geh, mein Kind, ich weiß, daß es ein gewisses Alter, gewisse Leidenschaften giebt —— Aber sie werden nicht stärker seyn, als die Freundschaft, die Grundsätze der Ehre, die Tugend —— Beruhige dich.

Luc. Vergeben Sie Ihrer Tochter.

Ein Bedienter (kömmt herein.) Mein Herr, der Herr Jenneval möchte gern allein mit Ihnen sprechen.

Luc. (bey Seite.) Niemals werde ich seinen Anblick ertragen können —— Ach, mein Vater, erlauben Sie, daß ich mich entferne.

Hr Dab. Geh, meine Tochter.

Luc. (geht zween bis drey Schritte fort, kömmt zurük

und sagt.) Doch, wenn Sie böse über mich wären, wollte ich ihnen lieber alles sagen.

Hr Dab. Geh, mein Kind, dein Herz kann vor meinen Augen nicht lang ein schweres Räthsel bleiben. (allein.) Sollte ich meinen Muthmassungen glauben! Himmel! ändere ihr Herz, oder zum wenigsten mache das seinige, welches sich verirret hat, des ihrigen würdig.

Fünfter Auftritt.

Herr Dabelle, Jenneval.

Jennev. (kömmt herein, indem er sieht, ob sie alleine sind.) Mein Herr, ich habe lange wegen dem Schritte in Zweifel gestanden, den ich izt gethan habe — Ich gehe zitternd, mit Schrecken durchwandere ich dieses Haus, das mir so bekannt ist — Ich bin strafbar und darf die Augen nicht gegen Sie aufheben — Ach Gott, wie grausam ist es, Beschämung auf der Stirne und Vorwürfe im Herzen zu tragen — Ich bin ein Undankbarer gewesen, ich habe das Vertrauen eines Wohlthäters hintergangen, ich habe Ihren Freund, den meinigen, in die grausamste Verlegenheit gesetzet. Bedauren Sie mich, bedauren Sie einen unglüklichen Jüngling, der die Ehre schäzt und eine entehrende That begangen hat. Aber so sehr Sie meine Aufführung befremden wird, so kann ich Ihnen hier nicht entdecken, wie ich diese Summe angewendet habe; ich bin sie schuldig, es ist eine geheiligte Schuld; gewiß die erste, die ich entrichten werde —— erlauben Sie, daß ich Ihnen in diesem nemlichen Augenblicke Versicherungen anbiete ——

Hr Dab. Was sind es für Versicherungen, mein Herr?

Jennev. Ihnen eine Schuldverschreibung zu unterzeichnen, deren Aufsatz sie mir vorschreiben sollen; ich bin noch unter der Vormundschaft, aber ich hoffe bald ——

Hr Dab. Jenneval, antworten Sie mir, und wagen Sie es, mich anzusehen. Sollte wohl eine geheime Begebenheit, ein unvermutheter Zufall Sie gezwungen haben, das Ihnen anvertraute Geld zu misbrauchen?

Jennev. Würde ich vor ihnen erröthen, wenn ich blos unglüklich wäre? würde ich mit niedergeschlagener Stirne kommen, mich dem Schimpfe zu unterwerfen? —— Sie würden mir vergeben, mein Herr, aber ich kann mir selbst nicht vergeben. Ich könnte hier irgend eine Entschuldigung erfinden, meiner niederträchtigen That eine bessere Farbe zu geben; aber mein Mund kann keine Lüge reden —— Erwarten Sie von mir kein Geständniß. In einer unbeschreiblichen und für mein Herz neuen Verwirrung finde ich, daß ich wider meinen Willen fortgerissen werde; dieß ist alles, was ich Ihnen sagen kann.

Hr Dab. Wider Ihren Willen fortgerissen, schwacher Jüngling! Sie glauben es —— Setzen Sie dem Schritte, den Sie izt wirklich gethan haben, noch einen hinzu, und ich stehe Ihnen für die allgemeine Hochachtung. Ihr empfindliches Gefühl hat einen mächtigen Zugel nöthig, der es einhält. Wenn uns die Leidenschaften auf Irrwege verleiten, so kann uns die Stimme eines Freundes auf die Bahne zurükführen, die unsere Verblendung verließ. Er kann uns heilen, uns trösten —— mein Haus steht Ihnen immer zu Diensten, lieber Jenneval, bleiben Sie hier, und möchte die Luft, die man in demselben athmet, die Ruhe und die stille Zufriedenheit in Ihre Seele zurükbringen.

Jennev. (mit dem gerührtesten Tone.) Ich fühle, daß ich unwürdig bin, es ferner zu bewohnen. Für diesen friedlichen Schutzort bin ich nicht gebohren. Nie wird mich das Andenken desselben verlassen, aber immer wird es wie eine schwere Last seyn, die mein Herz drücken wird —— Vergessen Sie mich aus Erbarmung —— Lassen Sie mich nicht so grosse Güte erblicken, lassen Sie vielmehr Ihren Zorn ausbrechen —— Verlassen Sie einen Menschen, der sich verächtlich gemacht hat und denken Sie an nichts, als an das, was er ihnen schuldig ist.

Hr. Dab. Was sie mir schuldig sind, ist nichts gegen dasjenige, was Sie sich selbst schuldig sind —— Sie reden von Verbindlichkeiten —— Wehe Ihnen, wenn Sie diejenigen nicht kennen, die Sie mit mir aufgerichtet haben; Ihre Schuld wird niemals berichtiget werden; Sie besitzen Großmuth, übertreiben Sie dieselbe nicht bis zum Stolze. Die Tugend ist nicht so eng eingeschränkt, daß man keine Fehler begehen dürfte; aber ihr Gesätz befiehlt, die begangenen wieder gut zu machen. Fragen Sie die Ehre und Ihre Pflichten um Rath, und alsdann könmen Sie, mit mir zu reden — Sie haben gesehen, daß ich weder verdrüßlich, noch streng war; wenn Ihr Herz hartnäckig und eigensinnig genug ist und so verborgene Geheimnisse, als die Ihrige sind, verschwiegen halten will — Dann mögen Sie dieselbe bey sich behalten, mein Herr. (Er tritt einige Schritte fort, um wegzugehen, kömmt aber wieder zurük und sagt:) Jenneval, hören Sie. Sie haben nichts von meiner Achtung und meiner Freundschaft verlohren; ich wiederhole es Ihnen. Erwarten Sie hier den Bonnemer; ein Jüngling, wie Sie, der sich in den Sturm der Welt und der Verführung gestürzet, hat einen tugendhaften und klugen Freund nöthig, und der Gedanke, daß Sie noch verdienen, einen solchen Freund zu haben, freuet mich.

Sechster Auftritt.

Jenneval. (allein) Ich war im Begriffe, ihm zu Fusse zu fallen. Wer hielt mich ab? — Rosalie, Rosalie, laß mich doch mich erholen. Du bemeisterst mein ganzes Wesen. Alles, was nicht du selbst oder dein ist, hat keine Macht mehr über meine Seele — Grausame! du schienst mir das Glük zu versprechen — Ach! anstatt dich glüklich zu machen, stürze ich mich mit dir in das Verderben; für dich allein trachte ich nach Gütern, die mir zuvor entbehrlich waren — Wie ruhig kömmt mir der Aufenthalt in diesem Hause vor! — Wo ist die Zeit, da ich es bewohnen konnte, ohne zu erröthen? — Wo soll ich jene stille Zufriedenheit wieder finden, die ich an Lucilens Seite empfand? —— Welch sanftes Gefühl erfüllte mein Herz mit entzückender Freude bey dem Anblicke ihres Vaters? —— Schon sah ich ihn wie für den meinigen an —— Seine aufrichtige Redlichkeit, seine Tugenden —— Habe ich sogar seine Zärtlichkeit vergessen? Rosalie, Rosalie, ach! warum entfernet mich die Liebe, die du mir einflössest, auf einmal so weit von meinen Pflichten? —— Lucile hat mich nie strafbar gemacht —— Ich will diese Oerter fliehen, wo mir jeder Gegenstand Vorwürfe macht —— Beherrscherin meines Herzens, die Macht deiner Reitze reißt mich fort — Ich kann dir nicht widerstehen —— In deiner Hand sind meine Tage, verhänge über sie, was du willst —— Glüklich oder unglüklich will mein Schiksal, daß ich zu deinen Füssen leben soll.

Ende des ersten Aufzugs.

Zweyter Aufzug.

(Die Schaubühne stellt das Wohnzimmer der Rosalie vor. Alles Geräthe, womit es ausgezieret ist, ist neu. Ein Putztisch ist aufgeschlagen und vollkommen eingerichtet; Rosalie ist in einem zierlichen Nachtkleide.)

Erster Auftritt.

Rosalie, Justine.

Ros. (indem sie sich in dem Spiegel besieht.) Wie findest du mich diesen Morgen? Ich habe wenig geschlafen; ich glaube, meine Augen haben etwas von ihrer Lebhaftigkeit verlohren.

Just. O ja, ich rathe Ihnen, beklagen Sie sich. Niemals sind Ihre grossen schwarzen Augen sanfter und funkelnder gewesen, und ich weiß nicht, was für eine zärtliche Mine, die sich über Ihre Gesichtszüge verbreitet, sie ungemein reitzend macht, und Ihr Lächeln — Ihre Augen thun, was sie thun wollen — Noch gestern betrachtete sie Jenneval mit einem so wahren, so eifrigen und immer so neuen Vergnügen, daß ich eine rechte Freude daran hatte, ihn in der Entzückung der Liebe zu sehen.

Ros. Jenneval scheint dir also noch immer sehr verliebt in mich?

Just. Immer wurden seine Blicke bey dem wachsenden Genusse begieriger, dieser junge Mensch wird von einem sehr aufrichtigen Liebesfeuer verzehret.

Ros.

Ros. Er ist liebenswürdig, ich gestehe es; aber er hat einen Fehler.

Just. Und was für einen, wenn man fragen darf?

Ros. Diesen, daß er nicht einmal zehntausend Thaler Einkünften hat —— Sein Herz ist ganz neu und sein Verstand romanhaft. Mit grosser Sorgfalt unterhalte ich diese heftige, aber ehrfurchtsvolle Liebe. Er ist ein sehr edeldenkender Mensch, und in den Zeiten, in welchen wir leben, ist gewiß nichts selteners. Es gebricht ihm nicht an Verstande, aber er ist schüchtern, blöde, unentschlüssig, ob er gleich einen fühlbaren Charakter hat. Indessen ist er doch Erbe eines ziemlich grossen Vermögens, er folgt meiner Stimme gelehrig, er betet mich an. Gut, ich habe alles recht überlegt, ich muß mit ihm leben.

Just. Sie haben Recht. Mit ihrem Verstande und Ihrer Schönheit, welche jeder bewundert, machen Sie sich Ihre glänzenden Tage zu Nutze, um sich eines freygebigen und heftig liebenden Jünglings zu versichern. Mein Beyspiel diene Ihnen zur Lehre. Eine Krankheit von sechs Monaten hat mich aller Reitze beraubt und mit ihnen entfloh mein Vergnügen und mein Glück. Ehemals wurde ich bedienet, und itzt halte ich mir es für ein Glück, Ihnen zu dienen.

Ros. Es bleibt dabey, die Mannsleute sind unsere größten Feinde. Ihre sorgfältigsten Dienste sind eigennützig und grausam, sie sind alle undankbar und sie unterstehen sich noch, uns zu verachten; ein geheimer Krieg herrschet zwischen unsern beiden Geschlechtern; sie sind Ty-

rannen, die uns unter ihr Joch beugen wollen, aber, da wir schwächer sind, müssen wir unsere Zuflucht zur List nehmen und das Gegentheil desjenigen scheinen, was wir sind; so rächen wir uns —— Da ich über den Jenneval herrsche, kann ich hoffen, daß endlich —— Ja, Zurükhaltung ohne Härte, einige feine Züge der Liebe, aber ohne Schwäche; dieß ist alles, was ich brauche, ihn zu unterwerfen —— Aber schon vor einer Stunde hätte ich im Stande seyn sollen, anständig zu erscheinen —— Wenn Jenneval kommen wird, soll man ihn melden —— Endlich, kömmt Brigard —— Geh ——
(Justine geht ab.)

Zweyter Auftritt.

Rosalie, Brigard.

(Er muß aussehen wie ein Mensch, der die Nacht geschwärmt hat.)

Brig. Diese Nacht hätte ich mein Leben für einen Heller gegeben. Ich habe mit einem schrecklichen Unglücke gespielet; ich habe alles verlohren, was man verlieren konnte —— Das thut mir in der Seele wehe.

Ros. (mit Vertraulichkeit.) Schwärmer! Du bist also mit deinem Tagwerke nicht wohl zu frieden? Und bist du nachher auskundschaften gegangen?

Brig. O, das habe ich nicht versäumt. Jenneval ist von sich nicht reich, wie du es sehr wohl errathen hast; aber er hat einen sehr reichen Oheim, dessen einziger Erbe er ist. Der junge Mensch ist noch unter der Vormundschaft dieses Oheims, der vier Stunden von hier auf dem Lande wohnt. Man hat mir ihn geschildert, als einen Mann, der sehr wunderlich, hart—

Ros. Dieser Oheim ist also sehr reich?

Brig. Ja; was noch mehr ist, geitzig.

Ros. Und wie lang kann er noch leben?

Brig. Je nu, zehn bis zwölf Jahre. So weis kann er es noch treiben.

Ros. Zehn bis zwölf Jahre! o Himmel!

Dritter Auftritt.

Rosalie, Brigard, Justine.

Just. Der Herr Jenneval, —

Ros. (zum Brigard.) Geschwind, geh auf die andere Seite.

Brig. (indem er fortgeht.) Lebe wohl, bis aufs Wiedersehen.

Vierter Auftritt.

Rosalie, Jenneval, Justine.

(Rosalie nimmt eine lustige und gefällige Mine an. Jenneval grüßt sie, sieht sie zärtlich an und küßt ihr die Hand.)

Jennev. Ach! liebe Rosalie, hier finde ich nur das Glück und die Freude — Nein, niemals war es mir so nothwendig, mich bey Ihnen einzufinden.

Ros. Mein lieber Jenneval, was fehlt Ihnen? was sollte Ihnen wohl geschehen seyn?

Jennev. Nichts, das ich nicht hätte vorhersehen

sollen — Rosalie, ich möchte einen Augenbli[ck]
allein bey Ihnen seyn.

(Rosalie winkt Justinen, die hinaus geht, und heiß[t]
den Jenneval sich neben sie setzen. Jenneval fährt fort.

Werden Sie mir wohl glauben, liebe Rosalie
Ich wiederhole Ihnen, daß ich Sie liebe, ic[h]
sage es Ihnen aus dem Grund meiner Seele
und ich kam in der Absicht, auf ewig mit Ihnen zu brechen.

Ros. Mit mir, Himmel! wie?

Jennev. Mein Herz ist auf meinen Lippen. Liebe Rosalie, halten Sie Ihre Thränen ein —
Hören Sie mich an — Ich kann nich[t]
reden.

Ros. Sie setzen mich in Erstaunen, Sie machen
mich unruhig — Jenneval, was wollen Si[e]
sagen?

Jennev. Daß ich ein Bösewicht bin, der Ihrer
und der Hochachtung der Menschen unwürdig
ist — Sie werden erröthen, wenn Sie mich
anhören — Aber, ehe das Geständniß meinem Munde entfährt, sagen Sie, lieben Sie
mich, Rosalie? Wenn Sie mich nicht recht
eifrig lieben, so bin ich verlohren.

Ros. Können Sie durch einen solchen Zweifel
meine Zärtlichkeit beleidigen? Ach! Jenneval,
wenn ich zuweilen Ihre Blicke, die heftigen
Bewegungen Ihrer Liebe vermieden habe, so
geschah es, weil ein zärtliches Herz die Hülfe
einer stolzen Tugend nöthig hat. Durch das
empfindliche Gefühl, das der Himmel in mich
gelegt, gab er mir ein sehr gefährliches Ge-
schenk — Ja, Sie sind ein Undankbarer,
wenn Sie dasjenige denken, was Sie sagen

Jenner. Ich zweifle nicht mehr an Ihrer Liebe, aber weil dieses Herz mein ist, so wird es mir vergeben — Ich darf nicht länger mehr anstehen — Da ich Sie zum erstenmale sah, Rosalie, fühlte ich seit diesem Augenblicke den Schmerz, nicht reich gebohren zu seyn. Indessen da Sie nur diese Liebe anhörten, die Sie mir izt noch gütigst versichern, sahen Sie an mir allein den glüklichen Sterblichen, dem Sie Ihr Zutrauen gewährten. Mein Glück würde vollkommen gewesen seyn, wenn mein gegenwärtiges Vermögen meine Wünsche erreichet hätte. Niemals war ich stark genug, Ihnen zu gestehen, daß meine Mittel noch geringer wären, als Sie es erwarten konnten; aber da ich zu gleicher Zeit nicht zusehen konnte, wie Sie vergebens wünschten, so habe ich alles versucht, Ihnen meine Liebe zu bezeugen; ich will dadurch gar nicht meinen Eifer rühmen; was sage ich? Zu Ihren Füssen komme ich darüber zu erröthen, daß ich mich entehret habe; ich werde nun Ihre Hochachtung verlieren, aber bedenken Sie, daß ich ohne die heftigste Liebe noch unschuldig wäre.

Ros. Durch welches Laster sind Sie dann strafbar geworden?

Jenner. Ich habe das Zutrauen eines verehrungswürdigen Mannes hintergangen, den ich nicht mehr meinen Freund nennen darf — Diese zweytausend Thaler, die ich Ihnen vor acht Tagen einhändigte, um damit dieses Geräthe zu erkaufen und unsere Ausgaben zu bestreiten, dieses Geld war nicht mein — Bisher habe ich vor Ihren Augen die Vorwürfe zu verbergen gesucht, welche mich quälten — Ich habe Hofnung; aber gegenwärtig befinde ich mich unter dem Gesätze eines Vormunds — Heißt dieß genug, mich vor Ihren Augen erniedrigen? — Nun wagen Sie es mir zu antworten, lieben Sie mich noch?

Ros. Sie glauben also, daß mich diese Güter an Sie zögen — Sie thaten mir dieses beleidigende Unrecht, Sie, Jenneval! Ach, nehmen Sie Ihre Geschenke zurück. Ich nahm sie an, weil Ihre Hand mir sie anbot. Ich besäß nicht jene falsche Zärtlichkeit, die von dem Stolze oder der Gleichgültigkeit herrühret. Ich erröthete nicht darüber, alles mit demjenigen zu theilen, dem ich mein Herz gegeben hatte — Ja, ich bin aufgebracht, aber Ihr Mistrauen allein ist es, das mir wehe thut. Warum haben Sie nicht zuvor mit mir gesprochen, ehe Sie eine solche Unbesonnenheit begiengen, ich würde Sie Ihnen ersparet haben — Ich liebe Sie immer, Jenneval, öfnen Sie mir Ihr Herz; was haben Sie izt für Absichten?

Jennev. Ohne dieses Geständniß, welches mich entzükt und mich Ihnen auf ewig verbindet, wäre ich im Begriffe gewesen zu fliehen, um mich niemals mehr ihrem Blicke zu zeigen. Vergeben Sie, ich sehe, daß Sie mich nur um meinetwillen lieben — Ich komme izt erst von diesem würdigen Manne, den ich hintergangen habe. Von der Reue geleitet, habe ich mich dem ganzen Zorne, den ich verdiente, dargestellt. Er hat gütig mit mir gesprochen und ich habe die völlige Schande, die mich umgab, besser bemerket. Ich kann sie nicht länger mehr ertragen. (mit Hitze.) Ich bin deiner ganzen Zärtlichkeit versichert, liebe Rosalie —— Nun, laß uns den Muth haben, den die Liebe einflößt. Die Liebe sey uns statt sträflicher Reichthümer — Giebt es wohl ein sanfter Vergnügen, als die Ruhe der Seele? Komm, wir wollen einen schlechten, verborgenen Ort bewohnen, wo wir das Glück ohne Vorwürfe geniesen werden. Was liegt zwey Herzen, die einander lieben, an einem minder glänzenden Aufenthalte? —— Ich will dieses Geräth verkaufen, welches mir meine Schande vorwirft —— Ich will die Summe wieder ersetzen, die ich übel angewandt habe. Es wird ein Tag kommen, Rosalie, an welchem der Himmel unsere Beständigkeit krönen wird. Leben wir gleich in einem dunkeln Zustande, so werden wir doch nicht minder glüklich leben. Was sage ich? Mit dem Freunde versöhnt, der mich liebt und den ich hochschätze, werde ich keine Vorwürfe mehr fühlen und alle unsere Tage werden ruhig und beglükt verfliesen.

Ros. Mein Freund, Sie reden von Vorwürfen, als wenn Sie ein grosser Bösewicht wären. Ich habe Sie gedultig angehört. Ich schätze Ihre edle Seele, aber Ihre zu weit getriebene Empfindlichkeit verirret Sie. Sie haben einen Fehler begangen, der im Grunde sehr leicht wieder gut zu machen ist, müssen Sie deswegen in

Verzweiflung gerathen? Immer treiben Sie die Sachen auf das Aeusserste. Das steckt in Ihrem Charakter und es ist ein Fehler. Lassen Sie uns ruhig auf Mittel denken, wie Sie der Ehre dasjenige gewähren können, was Sie ihr schuldig sind; aber zu gleicher Zeit an dasjenige, was Sie sich selbst für Ihr eigen Glück schuldig sind. Haben Sie mir nicht gesagt, Sie hätten einen ziemlich reichen Oheim, von dem Sie einmal erwarten —

Jennev. Ach! von wem reden Sie mir? Sein Name schon erfüllt mich mit Schrecken. Wenn er jemals unsern vertrauten Umgang entdecken sollte, wüßte ich nicht, wie ich mich seinem Zorne entziehen könnte. Ein strenger, unerbittlicher Mann, allein durch Tugenden — Nein, Rosalie, niemals werde ich meine Zuflucht zu ihm nehmen, und was noch mehr eine billige Wiedererstattung beschleunigen soll, ist die nur zu sehr gegründete Furcht, mein Fehler möchte ihm bald zu Ohren kommen.

Ros. Sie haben mich nicht verstanden, Jenneval. Um des Himmels willen, übertreiben Sie nichts. Keine Predigten. Antworten Sie mir; Hat man in des Herrn Dabells Hause gezeigt, daß man sehr aufgebracht wider Sie sey?

Jennev. Ich habe es Ihnen gesagt; man hat mich mit zu vieler Nachsicht empfangen, und dieß zerreißt mir das Herz.

Ros. Nun gut, man sieht Sie also nicht für so strafbar an, als Sie es zu seyn sich einbilden. Machen Sie sich diese Gewogenheit als ein kluger Mann zu nutze. Sollten Sie keinen Vergleich mit diesen Leuten treffen können, welche Sie kennen und hochschätzen? Sie wissen ja, daß Ihnen die Erbschaft Ihres Oheims nicht fehlen kann. Er ist nicht unsterblich. Ein rechtmäßiges Darlehn ist weder von den Gesätzen noch von der Ehre verboten. Der Rath, den ich Ihnen gebe, zum wenigsten, Jenneval, werden Sie es in der Folge der Zeit sehen, ist vollkommen uneigennützig. Sie sind jung und in dem Alter, in welchem Sie sich der Welt zeigen sollen, werden Sie diese glükliche Zeit verstreichen lassen, die forteilt, und nicht mehr wieder kömmt? Sie werden nicht so ungerecht von mir urtheilen und denken, daß ich hier die mindeste Absicht zu meinem Vortheile habe —— (mit dem zärtlichsten Tone.) Sey versichert, mein lieber Jenneval, ein verborgener schlechter Ort, ein einsames Leben, eine Hütte in einem Dorf, alles wird mir einerley seyn, wenn ich es nur mit dir theile —— Ich will dein Glück und ich liebe dich zu sehr, um ihm zu entsagen; aber du, Jenneval, du bist nicht entschlossen genug.

Jennev. Reden Sie und ich schwöre Ihnen, es zu seyn.

Ros. Hüte dich also vor dem Vorhaben, in einem so schimpflichen Mittelstande zu leben, der gewiß das spöttische Lächeln der Verachtung nach sich zieht. Glaube mir, ich kenne die Welt. Sie vergiebt alles, nur das nicht, was uns lächerlich macht, und was macht uns wohl in ihren Augen lächerlicher, als die Armuth. Zeigst du dich der Welt nicht in einem gewissen Glanze, so zeige dich ihr lieber gar nie. Die Welt urtheilt nach dem Kleide, der Wohnung, dem Aufwande; alles dieses macht den Mann aus. Die Welt kann falsch urtheilen, doch sie urtheilt nun so. Bediene dich aller Hülfsmittel, die du haben kannst. Einiges Geld, das du zum voraus auf deine zukünftigen Einkünften aufnimmst, wird, anstatt dein Glück über einen Haufen zu werfen, dasselbe gewiß nur desto sicherer vestsetzen. Die reichen Leute oder diejenigen, welche es zu seyn scheinen, ziehen einander an sich und machen eine besondere Gesellschaft aus. Ein Fremder wird nicht in dieselbe aufgenommen, so viel Verdienste er auch übrigens besitzen mag. Man muß das Geld aussäen, um es hernach einzuerndten. Ohne einen herzhaft entschlossenen Schritt, Jenneval, werden Sie nur ein schmachtendes Leben führen und mit Ihren schönsten Jahren werden Sie sogar die Hofnung verlieren, sich eine standesmäßige Versorgung zu verschaffen. Es ist also vernünftig, klug, ich will noch mehr sagen, haushälterisch, den Credit und das Ansehen im Nothfalle zu erzwingen. Mein werthester Freund, es hat Sie also nur eine kindische Furcht oder eine vollkommene Unerfahrenheit bisher abhalten können, Ihre Zuflucht zu so nüzlichen Mitteln zu nehmen. Ich schreibe Ihnen die Verschwendung nicht vor. Ich wünschte nur, daß Sie sich in den Stand sezten, sich von demjenigen, was Ihnen gehört, Ehre zu machen. Wenn Sie Freunde haben, so muß Ihnen auch ihre Geldbörse offen stehen. Man sucht sich zu helfen, man richtet sich ein. Man findet da ein wenig, dort ein wenig. Einst kömmt ein Tag, der das Ganze bezahlt. Was sage ich? Der Tag, an welchem Sie aus der Vormundschaft tretten, ist nicht mehr so weit entfernet. Die Leute theilen sich in zweyerley Arten, die einen leihen, die andern entlehnen. Warum sollten Sie erröthen dasjenige zu thun, was die Helfte der Welt thut?

Jennev. Ich empfinde die Stärke Ihrer Gründe. Aber, es mag nun Unwissenheit, Blödigkeit, oder Widerwillen seyn, mein Herz hat sich immer halb geweigert.

Ros. Hätten Sie eher mit mir gesprochen, anstatt einen solchen unbesonnenen Streich zu begehen, so hätte ich Ihnen Anweisung geben können —

Jennev. Ist es möglich? Ich sollte hoffen dürfen —

Ros. Ich will Sie ein wenig dafür büsen lassen, daß Sie so wenig Vertrauen in mich gesezt und mir Ihr Herz nicht entdekt haben; daß Sie nur einen einzigen Schritt haben thun können, ohne derjenigen einige Nachricht davon zu geben, die Sie liebt; derjenigen, die an nichts anders denkt, als Sie frey und glüklich zu machen.

Jennev. Ach, göttliche Rosalie! — Vergeben Sie —

* * *

Fünfter Auftritt.

Rosalie, Jenneval, Justine.

Just. Gnädiges Fräulein! es fragt jemand nach dem Herrn Jenneval und will durchaus mit ihm reden.

Ros. Aber habt ihr ihm denn nicht gesagt, daß er nicht hier wäre? —— laßt niemand herein.

Jennev. (bestürzt.) Wer sollte wohl kommen? Und woher könnte man wissen —— Aber, ich höre seine Stimme —— o Himmel! es ist Bonnemer, es ist mein Freund —— Nein, ich kann nicht —— Ich muß ihn anhören ——

Ros. (mit einem verstellten Tone.) Es ist nicht mehr als billig —— Wir werden einander wieder sehen, mein lieber Jenneval.

(Rosalie geht in ein Cabinet auf die Seite.)

Sechster Auftritt.

Bonnemer, Jenneval.

Bonnem. (hinter der Schaubühne.) Er ist hier, sage ich euch —— Ich weiß es —— Ich will mit ihm reden —— Ich muß hinein —— (mit Erhebung der Stimme.) Ach, grausamer Freund, was für Kummer verursachen Sie mir! —— Haben Sie sich denn vest vorgenommen, alle diejenigen, die Sie kennen, auf das schmerzlichste zu betrüben? —— Jenneval, lieber Jenneval, warum sind Sie nicht schon in meinen Armen?

Jennev. Weil ich mir Recht wiederfahren lasse — Mein Kummer ist für mich — Lassen Sie mich, ich bitte Sie — Ihre Gegenwart martert mich zu sehr — Einst werden wir einander wieder sehen können — Aber heute, ich sage es Ihnen ohne Umschweife, will ich weder Vorwurf noch Rath anhören.

Bonnem. Blinder Freund; meine Freundschaft wird dir beschwerlich! Zittre bey dem Anblicke des Abgrunds, da meine Hand kömmt, dich an dem Rande desselben zurück zu halten. Hier ist sie also, diejenige, um welcher willen du dich verirrest, der zu gefallen du diejenigen verlässest, die dir so werth waren! um ein verächtliches Weibsbild —

Jenney. Halt ein, Bonnemer, beschimpfe den Gegenstand meiner Liebe nicht. Wenn du nur herkömmst, sie zu beleidigen, so will ich dich lieber gar nicht mehr sehen.

Bonnem. Ich will weggehen, unbesonnener Jüngling. Ich will meinen Freund verlassen, weil er es so haben will. Ich will ohne ihn zu dem großmüthigen Dabelle zurükkehren, zu diesem verehrungswürdigen Vater, der dich liebt, der dich bedaurt, der dich erwartet, der nach dem Beyspiele seiner Tochter manche Thräne vergiesen wird, wenn er erfährt, daß du sogar die sorgfältigen Dienste der Freundschaft verachtest und nicht annehmen willst. Lebe wohl, zum wenigsten umarme mich zum leztenmale.

Jenney. (gerührt, indem er ihn bey der Hand nimmt.) Nein, bleib einen Augenblick hier.

Bonnem. (mit dem wehmüthigsten Klagtone.) Ach!

ich habe dein Herz, dein Vertrauen verlohren. Du hast dich vor mir verborgen, und dieß war der Anfang deines unordentlichen Lebens. Deine thörichte Liebe sezt dich in Gefahr, noch grössere Fehler zu begehen, als die, welche du schon begangen hast. Ich bin immer der nemliche; und du, Jenneval, was ist aus dir geworden? Warum ist dein Herz verändert? Sage mir doch, was ist aus meinem Freunde geworden.

Jennev. Ach! wenn du es bist, so lege doch diese rauhe Strenge ab, die immer tadelt und nie empfinden will. Du kennst diejenige nicht, die ich so heftig liebe; wenn du sie gesehen hättest —— Du weißt, daß ich in diesem schätzbaren Hause, wo man mich auf deine Empfehlung nur allzuwohl aufgenommen hat, der glüklichste Mensch hätte seyn können. Die Anmuth, die Tugenden, die Reitze der Lucile hefteten mich auf alle ihre Schritte. Waren es gleich nicht so eifrige Begierden, als diejenigen, deren Feuer mich izt verzehret, so war es doch Ehrfurcht, Vertrauen, Freundschaft, eine zärtliche und ehrfurchtsvolle Bewunderung, ein gewisses sanftes und liebreiches Vertrauen —— ich glaubte sie zu lieben —— Aber wie sehr habe ich seit einem Monate den Unterschied zwischen der zärtlichen Neigung, die ein sanftes Gemüth einflößt, und dem unruhigen Feuer, das die Schönheit entzündet, empfunden! Hast du jemals diese gewaltige Macht gekannt? Seit dem Augenblicke, da ich die Rosalie erblikte, erhielt ich ein neues

Wesen —— Nun mußte ich sterben, oder ihr zu Fusse fallen; ich fiel ihr zu Fusse und ich sah niemand mehr auf der Welt, als sie, und das Leben schien mir nur deswegen eine Wohlthat des Himmels zu seyn, weil ich ihr in Zukunft jeden Augenblick desselben vor ihren Augen widmen konnte —— Ich vermied dich in diesen Stunden, ich fürchtete, von dir geheilet zu werden und vor deinen Lehren war mir bange —— Noch ist mir bange davor —— Zwinge mich nicht, noch strafbarer zu werden —— In der Hitze, die mich izt anfeuret, würde ich selbst die Freundschaft der Liebe aufopfern. Vergieb, ich öfne dir mein Herz. Es wird von den heftigsten Gemüthsbewegungen verzehret —— Warum muß man sich so sehr wider eine solche Neigung auflehnen? Genug, daß man einen unglüklichen Liebenden den geheimen Quaalen überläßt, die ihn tyrannisch beherrschen —— Lieber Bonnemer, ich glaube indessen doch, daß ich glüklich seyn würde, wenn ich die Güter genösse, welche mir die Vorsicht gewähret hat. Ich würde sie mit dem Gegenstande theilen, um dessenwillen ich mein Daseyn liebe; aber ein Oheim ist dadurch, daß er mir dasjenige versagte, was ich zu erwarten berechtigt war, der erste Urheber meines Fehlers gewesen —— Du kennest seinen Eigensinn, mit dem nicht auszukommen ist —— Ich werde ihm von keinen Angelegenheiten reden, die er nicht verstehen würde. Die liebsten Empfindungen meines Herzens sind unter einem tyrannischen Joche zerdrükt —— O mein Freund, ich wollte frey in der Liebe seyn, und ich fühle, daß die Hand der Noth mich mit noch schwerern Ketten gefesselt hat.

Bonnem. Diese blos auf die Sinne gegründete Leidenschaft wird dir nur Unruhe und Verzweiflung verursachen. Glaube mir, Jenneval, es steht nur bey dir, so sind deine Bande gebrochen, willst du es?

Jennev. Wie wenig kennst du die Liebe, wenn du glaubst, daß man sich so überwinden kann! Ich! ich soll dem Vergnügen, geliebt zu werden, entsagen —— Ach! —— Dieses Vergnügen ist zu sehr für dieses zärtliche Herz erschaffen, welches dasselbe zum erstenmale fühlet —— Ein heftiger Sturm ist in meiner Seele entstanden, und trotz meines öftern Kampfes, trotz meiner Schande und deines Schmerzens, habe ich nie das Glück, empfindlich gebohren zu seyn, so lebhaft gefühlet. Glaube mir, es ist schrecklich, ohne Liebe zu leben, und sobald unser Herz den glüklichen Gegenstand antrifft, der es fesselt, Freund, dann führt ihn der Himmel unsern Blicken zu, um unser Glück zu vollenden. Dann steht es nicht mehr in unserer Macht, zu widerstehen.

Bonnem. Nicht das Gefühl der Liebe ist strafbar, aber der Gegenstand, den du gewählet hast —— Ach! wenn Lucile deine Wahl erhalten hätte, dann würden alle Herzen dir Beyfall gewähret haben. Dein Glück würde rein seyn, keine Wolke würde es verfinstern. Mit dem Vergnügen der Liebe würde sich der öffentliche Beyfall vereinigen. Er ist nöthig, er machet

machet erst das Gefühl des Glückes vollkommen. Wie traurig ist es, wenn man seine Neigung rechtfertigen muß, ohne hoffen zu können, daß man sie uns vergiebt!

Jennev. Was liegt mir an der Meinung der Leute! sie ist ungerecht. Ich will nur die Stimme anhören, die sich in dem Grunde meines Herzens gebieterisch hören läßt; sie redet mit mir, sie beruhiget mich; sie schreibt mir neue Pflichten vor — Ich liebe — Wenn ich meine Hand vergeben könnte, so würde ich sie ihr diesen Augenblick feyerlich an dem Fusse der Altäre widmen — Ewige Bande müssen uns aneinander fesseln — Ich werde nicht eher glüklich seyn, bis ich es gestehen und sie allen Augen zeigen kann, bis diejenige meinen Namen trägt, die mein Herz besizt. Aber du weißt, daß mir der Tod meines Vaters einen unumschränkten Herrn gegeben hat. Es bleibt mir ein Freund übrig, werde ich ihn noch lange haben?

Bonnem. Er wird dir wider deinen Willen bleiben, unglüklicher Jenneval. Könnte ich dich wohl in dem Irrwege verlassen, in welchen dich deine Unerfahrenheit gezogen hat? Dein Herz ist noch redlich, ob es sich gleich der Unordnung überlassen hat; aber hüte dich, die ansteckende Seuche des Lasters schleicht nahe um dich her, bald wird sie deine liebenswürdigen Sitten schänden. Dann wirst du verächtlich, niederträchtig werden, dann wirst du nicht mehr mein Freund seyn — Ach, leichtgläubiger Jüngling! hier wohnt diejenige nicht, mit welcher du dein Leben zubringen sollst— In den Armen eines leichten Vertrauens erzogen, kennst du die Kunstgriffe eines ehrloser Weibes nicht, du siehst die Fallstricke nicht, die sie unter deinen Schritten vielfältig vermehret.

Jennev. Du stellst dir nicht vor, Bonnemer, wie sehr du mich kränkest. Niemals hatte ich dich ungerecht gesehen — Was hat dir Rosalie gethan? — Wie leicht verdammt sie dein Tadel! — Ach, glaube mir, ohne ihre Tugend —

Bonnem. Ihre Tugend!

Jennev. Ja, ihre Seele ist so gewissenhaft, als zärtlich — Ihre Tugend ist es, die mich unglüklich macht — Ihre Reitze und ihre freymüthige Aufrichtigkeit allein mässigen ihre zurükhaltende Strenge — (mit Hitze) Aber, es ist niemand in der Welt, der dieses besser wissen kann, als ich —

Bonnem. Wir wollen uns nicht über die Ausdrücke ereifern — Freund Jenneval, es ist also ein ehrbares, aufrichtiges, tugendhaftes Mädchen, die sich in deine Arme warf, die dich alle Pflichten verletzen hieß, der du so schönes Geräth geschenkt hast, die es annahm — Wo ist deine Vernunft? Glaube, derjenige, der giebt, ist selten derjenige, der geliebt wird. Die zärtlichsten Sachen, die sie dir vorsagt, sind alle die Stimme des Eigennutzes. Ihr Herz kann keiner zärtlichen Empfindung fähig seyn. Bey der ersten Gelegenheit wird sie dich um eines reichern Mannes, oder um eines grössern Verschwenders willen verrathen, oder vielleicht wird sie ihre Zuflucht zu listigen Kunstgriffen, zu heuchlerischer Verstellung nehmen, um dich so weit zu bringen, daß du dich mit ihr öffentlich verächtlich machst. Für die ganze künftige Zeit deines Lebens verachtet, mit welchem Gemüthe wirst du den öffentlichen Anblick der Leute ertragen? —— Ach! ich zerreisse es, dieses zu zärtliche Herz; durch meine grausamen Lehren vergifte ich deine schönsten Tage; vergieb! Ich will dich zugleich von Schande und Unglück erretten.

Jennev. Wie sehr marterst du mich! —— Aendere deine Sprache —— Wer von uns beiden soll von dem Zustande urtheilen, in welchem dieses Herz glüklich seyn soll? ——

Bonnem. Deine Augen sind verblendet und neue Vorwürfe erwarten dich. Sie ist ein verächtliches Weibsbild, sage ich dir. Möchten sie doch zu Grunde gehen, diese schändlichen Dirnen, die Schande ihres Geschlechts!

Jennev. (mit dem schmerzlichsten Tone.) Sie? —— Rosalie! —— Du beleidigest sie! Lebe wohl, ich entferne mich.

Bonnem. (mit einem standhaften und zärtlichem Tone.) Wenn du mir nicht so lieb wärest, würde ich mich schön längst wegbegeben haben, oder ich wäre vielmehr gar nicht gekommen, dich hier zu suchen. Wage es, mir zu antworten. Vertheidige ich in diesem Augenblicke meine Sache, oder die deinige? Habe ich dich jemals hintergangen? Tritt zurück, lies in meiner Seele den Grund, der mich antreibt; sieh meine ganze

Zärtlichkeit, und dann sey unempfindlich genug, die Hand abzuschlagen, die ich dir anbiete.

Jennev. (der sie mit Eifer ergreift.) Ich nehme si[e] an, als die Hand eines Wohlthäters, eines Freundes. Genug, ich will nichts mehr vor dir verborgen halten, aber verschone den unschuldigen Gegenstand einer unglüklichen Liebe. Ich hatte ihr ein unverbrüchliches Geheimniß geschworen, alles entfährt mir in deiner Gegenwart —— Izt sollst du mein Richter werden —— Welche üble Meinung würde ich von dir hegen, wie sehr würdest du mich beleidigen, wenn du Rosalien gesehen hättest und dennoch deine Vorurtheile wider sie behieltest! —— Ohne Zweifel wird sie einer ihrer Blicke mehr rechtfertigen, als alle meine Worte. (er läuft nach dem Cabinet auf der Seite und nimmt die Rosalie bey der Hand.) Kommen Sie, Rosalie, vereinigen Sie sich mit mir; wir müssen einen unerbittlichen Freund gewinnen.

Siebender Auftritt.

Bonnemer, Jenneval, Rosalie.

Ros. Ich zittere —— Welcher Folge setzen Sie mich aus?

Bonnem. (bey Seite.) Wie bestürzt!

Jennev. (zu der Rosalie.) Allem demjenigen, was Sie in den Augen anderer so werth machen kann, als in den meinigen.

Ros. (zu dem Bonnemer.) Mein Herr, in der Einsamkeit, in welche ich mich zu verbergen durch meine Unglüksfälle gezwungen bin, muß ich bey dem Anblicke eines neuen Zeugens des Zustandes, in dem ich mich befinde, erröthen; aber unerachtet des äusserlichen Scheines ist Ihnen ohne Zweifel mein Herz bekannt. Jenneval ist mir werth, Sie sind Jennevals Freund, und dieser vorzügliche Name allein beruhiget ein wenig die Verwirrung, die ich nicht verbergen konnte. Glauben Sie, daß mich die reineste Zärtlichkeit mit dem Jenneval vereinigt. Finden Sie, daß ich sein Unglück verursache, so führen Sie ihn weit von mir weg. Strafen Sie mich dafür, daß ich ihn geliebt habe; aber ich rufe den Himmel, der uns zuhört, zum Zeugen an, daß in dem Schmerze, der meine Seele verzehren wird, und in welchen Ort mich auch mein Schiksal alsdann führen möchte, mein Herz ihm ewig allein angehören wird.

Jennev. (zum Bonnemer) Mein Freund! mein Freund! Sehen Sie sie, hören Sie sie?

Bonnem. Sehr wohl, wahrhaftig; sie kann unvergleichlich —.

Jennev. Was?

Bonnem. Ihre Rolle spielen.

Jennev. Was sagen Sie?

Bonnem. (zu der Rosalie.) Hören Sie, Jenneval ist mein Freund, bisher hat er immer gezeigt, daß er tugendhaft ist. Wenn er Ihnen werth ist, wie Sie es vorgeben, so entfernen Sie ihn nicht von dem Pfade seiner Pflichten. Dieß muß ihm das heiligste Gesätz auf der Welt seyn. Er ist jung und Ihre Reitze bezwingen ihn. Misbrauchen Sie diese gefährliche Macht nicht. Mir sind Ihre Unglüksfälle nicht bekannt, aber wenn das äusserliche Ansehen wider sie zeugt, so gestehen Sie, daß es niemals gründlicher und wahrscheinlicher war —

Ros. (fällt ihm in die Rede.) Mein Herr, Sie nehmen gegen mich einen Ton an, der mich befremdet, der mich erniedriget — Ihr Freund wird Ihnen ohne Zweifel schon gesagt haben — Mein Herz wird mir schwer — (sie stüzt sich auf den Jenneval und sagt weinend.) Jenneval, Jenneval, Sie wissen, wer ich bin und setzen mich dieser Beschimpfung aus! — Ist es möglich; nein, das werde ich niemals vergessen —

Jennev. Bonnemer!

Bonnem. Gehen Sie, mich hintergeht man nicht. Glauben Sie mir; geben Sie sich für das aus, was Sie sind —

Ros. (schluchzend.) O Himmel! wie unglüklich bin ich!

Jennev. (mit beklemmter Stimme.) Bonnemer.

Bonnem. (zum Jenneval.) Unbesonnener Jüngling! diese Thränen, die du fliessen siehst, sind so falsch und untreu, wie sie.

Jennev. (mit entrüstetem Tone.) Sie hätten sie verschonen sollen — Grausamer — Gehen Sie, Sie sind mein Freund nicht mehr — Entfernen Sie sich —

Bonnem. (heftig und standhaft.) Undankbarer! ich bin es noch, dein Freund; und, thue, was du willst, ich werde es immer seyn; was sage ich? in deinem Wahnsinne wirst du mir noch werther, und ich will dir den Beweis davon dadurch geben, daß ich dich wider deinen Willen dem Fallstricke entziehe, in welchen dich diese listige Sirene locken wollte. Meine thätliche Zärtlichkeit wird sogar die öffentliche Macht gebrauchen, wenn du die Stimme deines Freundes nicht hörest —— Lebe wohl.

(Er geht ab.)

Achter Auftritt.

Jenneval, Rosalie.

Ros. (stellt sich ohnmächtig) Gott! ich fühle, daß ich sterbe.

Jennev. (hält die Rosalie.) O Himmel! —— Erholen Sie sich —— So kann ich denn nur die Quelle Ihres Unglüks seyn —— Ich bin in der äussersten Verzweiflung. (Er führt die Rosalie auf einen Lehnsessel, und läuft nach der Thüre) Schrecklicher Mensch, warum bist du hieher gekommen? —— Geh, geh, stelle dich unter die Reihe derer, die mich verfolgen —— Ich will ihnen allen trotzen —— (er wirft sich der Rosalie zu Füssen) Vergib, Rosalie, sollte es möglich seyn, daß du mich noch liebtest?

Ros. Ach! dieses einzige Wort giebt mir das Leben wieder —— Ob ich dich noch liebe! niemals warst du mir werther. Es ist mir nicht möglich, dich die Schuld fremden Unrechts tragen zu lassen. Der Gedanke, dich zu verlieren, dich weit von mir fortreissen zu sehen, hat alle meine Sinnen betäubet. Lerne von mir, wie man lieben muß. Ach! warum ist die Macht, die ich über dein Herz haben sollte, jener nicht gleich, die du über das meinige hast!

Jennev. Solltest du wohl noch daran zweifeln können?

Ros. Nein —— aber laß uns hier einander zuschwören, daß wir uns nie von einander trennen wollen. Ueberlaß mir inskünftige deinen ganzen Willen, ich stehe dir für den meinigen. Wir wollen uns wider unsere Verfolger vereinigen; wir wollen selbst die Schöpfer unserer Rettungsmittel werden und unser Muth mache uns zugleich von den Wirkungen des Schiksals und den Menschen unabhängig.

Jennev. (drükt der Rosalie die Hand.) Ich überlasse mich dir; o meine liebe Rosalie.

Ros. (mit dem Tone eines Vorwurfs.) Jenneval — Warum zittert deine Hand in der meinigen?

Jennev. (mit aufrichtiger Wahrheit.) Du kennst lange nicht allen den Kampf, der in meiner Seele vorgeht —— Du siegest —— Ich liebe dich heftig —— Mehr frage mich nicht.

Ros. Mein Herz verbirgt dir nichts —— Ich überlasse mich dir.

Jennev. (mit Hitze.) Du wirst nicht hintergangen werden!

Ros. Ich wünsche es; aber es giebt gewisse stürmische Augenblicke, wo, von einer mächtigen und gebieterischen Stimme verleitet, du wieder schwach werden möchtest —— wo du mich nicht mehr anhören wirst.

Jennev. Befürchte nichts.

Ros. Versprichst du mir, dich hierüber immer auf mich allein zu verlassen? —— auf mich? ——

Jennev. Ich verspreche es dir.

Ros. Wer ist denn dieser Mensch, den du so leicht deinen Freund nennest?

Jennev. Es ist — Ich habe dir ihn aufgeopfert. Jederzeit war er mein Beschützer. Von ihm hatte ich diesen Wechselbrief — Er liebte mich immer; er ist wohl dafür belohnt.

Ros. Wie? sollte er bey dem Herrn Dabelle wohnen?

Jennev. Er ist sein Cassirer, sein Freund.

Ros. Hören Sie, Jenneval — Sie haben eine sehr starke Unvorsichtigkeit begangen, da Sie mich seinen Blicken ausgesezt haben. Sie haben geglaubt, ihn zu bewegen, aber er ist einer von denen kaltsinnigen Leuten, die sehr weit von dem Gefühle der verehrungswürdigsten, der zärtlichsten Leidenschaft entfernet sind, die sie nicht einmal entschuldigen mögen. Die Liebe ist für sie nur eine fremde Empfindung — Er hat mich sehr beleidigt — Sie haben ihn nöthig, er ist Ihr Freund, sagen Sie — Ich vergebe ihm die Beleidigung, die er mir angethan hat.

Jennev. (küßt ihr die Hände.) Ach! Ihr Herz ist eben so edel, als empfindlich.

Ros. Finden Sie sich zu gleicher Zeit fähig, meinem Rathe zu folgen?

Jennev. Rath! — befehlen Sie, nur gehorchen will ich.

Ros. Du mußt wieder zu deinem Freunde gehen, in einem reuvollen Tone mit ihm sprechen, ihn besänftigen, sogar die Unterwürfigkeit anwenden, wenn es nöthig ist; ihn versichern, nicht daß du mich verlassen hättest — weder dein Mund, noch der meinige, lieber Jenneval, werden jemals ein so grausames Wort aussprechen — aber ihm zu verstehen geben, daß du kein Sklav meiner Reitze wärest, daß ich deinen Willen nicht regierte; daß dich nichts tyrannisch beherrschte. Insonderheit laß ihn alles über meine Person sagen, was er will. Was ist mir an den Reden der ganzen Welt gelegen. Von dir allein hängt meine Ehre, mein Glück ab. Ich will alles leiden lernen, sobald dein Vortheil nur scheinen wird, es zu fodern.

Jennev. Wie, du willst, daß ich mich bis zu der Verstellung erniedrige?

Ros. Dieß ist also der Gehorsam, den du mir versprochen hattest? Weißt du, welcher Gefahr du mich ausgesezt hast? der ganzen Wirkung seines Zornes, und diese kann schrecklich werden. Meine Schande wird von Munde zu Munde fliegen. Du hast gehöret, welchen Namen Bonnemer mir zu geben bereit war; warte nur noch, so wirst du hier diesen nemlichen Mann sehen, erbittert

Jennev. Wenn du wüßtest, wie schwer es mir wird, mich zu verstellen — Wer, ich! ich soll nur ein einzigesmal sagen, daß ich dich nicht auf das heftigste liebe; ich sollte diese Lüge vorbringen, von der mein Herz soweit entfernt ist? dieß ist ein schrecklicher Augenblick, und ich wollte lieber —

Ros. Ohne Zweifel, mich auf ewig ins Verderben stürzen.

Jennev. (mit Schmerz.) Was sagst du? — Ich werde dir gehorchen —

Ros. Laufe geschwind wieder zu ihm und zittre, ihn deinen Bitten zuwider zu finden. Oefters hat ein einziges Wort, das man sich, da es nöthig war, zu sagen scheute, unersezliches Unglück verursacht. Gehen Sie, mein lieber Jenneval, und geben Sie mir bald Nachricht von dem Erfolge —— Besänftigen Sie den Bonnemer und kommen Sie immer liebenswürdiger zurück.

Jennev. (in einem schnellen Eifer.) Göttliche Rosalie, du besitzest alle Tugenden, du vergissest eine Beleidigung, du giebst mir einen Freund wieder, du willst mein Glück bevestigen. Deine heldenmüthige und zärtliche Seele wird mir alles eingeben, was ich ihm sagen soll, und schleunig will ich wieder zu deinen Füssen zurükkehren, um mit gierigen Zügen die reine Wollust zu kosten, die mir deine Stimme und deine Blicke bereiten.

Neunter Auftritt.

Rosalie (allein.)

Ich mußte dem Sturme vorbeugen, der hätte entstehen können — Wie schwer ist dieser feurige Charakter zu leiten! Wie oft entwischt er mir! wie seine mit natürlicher und aufrichtiger Einfalt begleitete Tugend jeden Augenblick meinen Absichten im Wege steht —— Aber ich habe sie einmal genommen, sie müssen erfüllt werden —— Ich sollte sein verliebtes Herz nicht unter das Joch bringen! —— Sein Vermögen sollte nicht unter meinen Händen gefangen bleiben! —— Lieber sterben, als diese Hofnung verlieren.

Ende des zweyten Aufzugs.

Dritter Aufzug.

Erster Auftritt.

Orphise, Lucile.

Orph. Ha! Bäschen, Sie werden mir nicht entwischen! Ich ertappe Sie darüber — Also verstekt man sich auf solche Weise, um ganz allein zu weinen?

Luc. Ich!

Orph. (die es ihr mit Zärtlichkeit nachmacht.) Ich! —— Aber nein, diese Augen da möchten gerne lügen; noch sind sie von Thränen benezt und bestehen immer darauf und sagen: wir haben nicht geweinet.

Luc. O! deswegen —— Aber, meine liebe Base, ich habe es auch nicht gern, daß man mir so auf dem Fusse nachgeht.

Orph. Ach, mein liebes Kind, gieb dich doch gutwillig —— Ich weiß alles —— Du erinnerst dich also wohl nicht mehr, wie oft du mit mir von dem Jenneval gesprochen hast?

Luc. Ich werde nicht mehr mit Ihnen von ihm sprechen, das versichere ich Sie —

Orph. Immer geweint. Frisch, arme Freundin, fasse dich. Ein wenig gelächelt, mir zu gefallen; das kann nicht seyn — Nun, besänftige dein Herz. Wirf deine Arme um meinen Hals. Verbirg deinen Kopf in meinen Schoose. Seufze, mein Kind, seufze. Wiederhole mir hundertmal, daß du unglüklich bist. Meine Thränen werden sich unter die deinigen mischen. Ich weiß alles, was du leidest. Jenneval begehet Fehler, die mein Herz nicht entschuldigen kann.

Luc. (umarmt sie freundschaftlich.) Hab ich Unrecht, wenn ich weine? Bald wird er seine Sitten verderben, seine Tugenden verlieren — Sie wissen, wie redlich er zu seyn schien, und ob er den Vorzug vor so vielen andern verdiente, die wir mit einander beurtheilt haben — Sie selbst, Bäschen, waren für ihn eingenommen — Hintergieng er uns damals? — Ach! wir wollen lieber glauben, daß er sich habe verführen lassen; aber ist er es auf ewig — Dieß zerreißt mir mein Herz — Die Furcht, der Schmerz, die Hofnung folgen in demselben wechselsweise aufeinander — Niemals habe ich eine so heftige Gemüthsunruhe ausgestanden — Wie oft habe ich schon mit mir selbst gekämpft — Wie viele Thränen habe ich schon vergossen — Ach! wie grausam ist derjenige, der mir sie ablocket — Und diese lezte Begebenheit — Diese unwürdige Nebenbuhlerin —— Ich erröthe über meine Schwachheit.

(Sie verbirgt ihr Gesicht in den Schoos ihrer Freundin.)

Orph. Ich bin so heftig gerührt, daß ich nicht mehr weiß, was ich dir sagen soll; und der Oheim, der grausame Oheim, sage ich dir, muß gerade dazu kommen, um das Feuer vollends in Flammen zu bringen. Wer hat ihn kommen heissen? Wer kann ihm wohl die Nachricht gegeben haben ——

Luc. Gewiß weder mein Vater, noch Herr Bonnemer.

Orph. Wie sehr litt ich deinetwegen! Wie sehr erwarteten wir nur den Augenblick, da wir uns vom Tische wegschleichen konnten. Was ist das für ein schrecklicher Mann, der Herr Ducrone! Er kömmt aus den Wäldern heraus. Was für ein Ton! Zwanzigmal wäre ich beynahe wider ihn herausgefahren; und dein Vater, dein Vater! Ach, mein liebes Bäschen, ich weiß nicht, wie es geschehen ist, daß ich ihm nicht um den Hals gefallen bin. Er vertheidigte den Vetter und schien unsere Herzen zu errathen, um in denselben die Hofnung zu nähren.

Luc. Liebe Base, wenn Sie wüßten, wie sehr ich wegen seiner Güte besorgt bin! In welchen Zustand bin ich gebracht worden! Ich fürchte meinen Vater, ich, die ihn bisher nur immer geliebt hatte; aber ich bin also strafbar, weil ich ihn fürchte —— Solang ich den Jenneval tugendhaft glaubte, konnte mir die Neigung, die ich für ihn fühlte, keine Quelle zu Vorwürsen seyn, aber izt ist alles wider mich —— Und ich darf noch daran denken und habe meine Liebe noch nicht in den Armen des Urhebers meiner Tage abgeschworen —— Ich bin ganz verwirrt; ich glaube, seit dem heutigen Tage liebe ich nichts mehr. Die beiden Personen, die ich am meisten liebte, zeigen sich meinen Augen unter einem neuen Lichte —— der Anblick meines Vaters ist mir schrecklich, und Jenneval —— Der undankbare Jenneval —— Glaubst du wohl, daß er mich vor dieser unglüklichen Begebenheit liebte? Ich, ich glaube, es sey nicht möglich.

Orph. Unmöglich sich an eine andere Person zu verbinden, nachdem er dich gekannt hatte, das sollte wohl seyn, meine gute und zärtliche Freundin! Jenneval hatte für dich die zärtlichsten Gesinnungen gefasset. Oefters sah ich, wie ihn seine Augen in deiner Gegenwart wider seinen Willen verriethen; alles zeugte von einer Liebe, die von jener ehrfurchtsvollen Furcht zurükgehalten ward, welche uns einen so vortheilhaften Begriff von seinen Sitten beybrachte; aber es brauchte nur einen unglüklichen Augenblick, diesen Jüngling in einer Stadt zu verführen, wo das Laster siegt und äusserlich mit allen Reitzen der Wollust geschmükt ist; wie—

Luc. (fällt ihr in die Rede) Sollte es nicht mehr möglich seyn, daß er in sich gehen könnte? Sollten einige Tage der Ausschweifung das Verderben seines ganzen Lebens verursachen? Sollte Jenneval Schandthaten lieben! Ach! Bäschen, da ich ihn heute früh mit der verwirrten, gedemüthigten Mine zurück nach Hause kommen sah, hat mein ganzes Herz vor Freude gehüpft. Warum muß er sich von neuem vergessen haben und strafbarer, als jemals! —— Wie bekümmert ist sein Freund! Wie, die Freundschaft, dieses Gefühl, das in einer edeln Seele am lezten verlischt, die Freundschaft hat nicht einmal sein Herz rühren können! vielleicht schmeichle ich mir zuviel, aber wenn ich mit ihm geredet hätte, würde ich ruhiger seyn. Ich erinnere mich an eine Zeit, da er so gar meine mindesten Gedanken vorher zu sehen schien! aber je mehr ich sah, daß er mir Proben einer täglich wachsenden Zuneigung gab, desto mehr hielt ich mich für verpflichtet, die allzu sichtbaren Kennzeichen derselben zurükzuhalten, indem ich mich zu einem Kaltsinne verstellte, der desto nöthiger war, als mein Herz davon entfernt war. Vielleicht ward er dadurch abgeschreckt —— Dieser Irrthum wird die Ursache seines Verderbens gewesen seyn —— Aber du siehst, welchen Umweg mein Herz nimmt, um sich zu schmeicheln. Bäschen, ich verirre mich. Hilf mir ein allzugefährliches Mitleiden auf ewig verbannen, welches vielleicht nur die Stimme einer Empfindung verräth, die mich auf Zeitlebens unglüklich machen würde, wenn ich sie nicht mit dem größten Eifer zu ersticken suchte.

Orph. Ich höre seinen Oheim mit deinem Vater.

Luc. Ach! es fallen mir tausend Dinge ein, die ich dir zu sagen hatte ——

Orph. Ich gehe fort, ich kann die rauhe Härte

dieses

dieses Mannes nicht ausstehen, und seine Tugend macht mich zittern. (Lucile bleibt.)

Zweyter Auftritt.

Herr Dabelle, Herr Ducrone, Lucile.

Hr Ducr. Mein Herr, Sie sehen an mir einen Mann, der in allen möglichen Umständen standhaft verfahren ist, und der also in einer solchen Verfassung weiß, was er zu thun hat. (Er zieht seine Uhr heraus.) Ich habe, Gott sey Dank, noch keine Zeit verlohren. In anderthalb Stunden habe ich vier starke Stunden Wegs zurükgelegt. Sie hintergiengen mich alle. Sie verbargen mir seine schlechte Aufführung, vermuthlich wollten Sie mit dem Berichte an mich so lang anstehen, bis seine Schande öffentlich unter jedem Dache bekannt wäre. Zum guten Glücke hatte ich einen getreuen Wächter, der mich zu rechter Zeit zu warnen wußte —— Ha, ha! Herr Vetter, Sie machen mich mein Landgut verlassen, aber nur Gedult, Sie werden mir meine Mühe bezahlen.

Hr. Dab. Das Uebel war noch nicht bis auf die höchste Stufe gestiegen, und übrigens hoften wir ihn noch zu bessern. Jeder Fehltritt muß nach dem Alter, nach dem Charakter beurtheilt werden. Um des Himmels willen, verderben Sie uns nichts an dem Plane, den wir in Ansehung seiner entworfen haben. Ueberlassen

Sie uns diese Sache, lieber Oheim, wir stehen Ihnen für den guten Erfolg.

Hr. Ducr. Ich nehme niemals einen Rath an, als von meinem eigenen Kopfe, mein Herr, und ich habe noch niemals Ursache gehabt, es zu bereuen. Ich bin sein Oheim, und Sie werden bald einsehen, daß ich ganz anders denken muß, als Sie. Ihr Vetter hat sie nicht bestohlen; aber der meinige; mein Blutsverwandter hat sich entehrt, schimpflich erniedrigt; ein Geblüt, daß bis izt in unserer ganzen Familie rein und unbefleckt floß. Und vielleicht ist ein ziemlich schimpfliches Mitleiden die Ursache der so grossen Nachsicht, die man hier blicken läßt.

Hr. Dab. Sie lassen den wahren Gesinnungen, die meine Handlungen leiten, keine Gerechtigkeit wiederfahren. Wenn ich an dem Schiksale dieses Jünglings einen so eifrigen Antheil nehme, so glauben Sie, daß ich seinen Charakter gründlich kenne, und daß ich meine Ursachen habe, ihn zu vertheidigen. Es ist besser den Schuldigen erleuchten, als ihn strafen. Wir wollen seine Fehler nicht vergrössern, da es noch leicht ist, sie wieder gut zu machen —

Hr. Ducr. Sie irren sich sehr, wenn Sie diß denken. So viele Güte, so grosser Eifer setzen mich in Verwunderung, aber sie bringen mich nicht von meinem Vorsatze ab. Jeder hat seine Grundsätze. Die Ihrigen können sehr gut seyn gegen (indem er die Lucile ansieht) eine Tochter, deren Charakter von Natur den Hang zur Tugend fühlt. Die Helfte meines Vermögens wollte ich geben, ein Kind zu haben, wie sie.

Aber ich weiß ein wenig, wie man mit ausschweifenden, zuchtlosen jungen Leuten umgehen muß. Wer einmal sich unterstanden hat, die Pflichten zu verletzen, welche die Ehre vorschreibt, verdienet nicht die mindeste Verschonung mehr. Man muß ihn mit allen den Züchtigungen überhäufen, die er sich selbst zugezogen hat; aus den Folgen seines Fehltritts muß seine Reue entstehen. Kurz, ich bin sehr von der gefälligen Nachsicht entfernt, von welcher Sie mit mir reden. Ich kenne nur einen Weg, mein Herr, jenen der genauesten Redlichkeit. Dieß ist ein Pfad, den kein ehrlicher Mann verlassen darf, ohne einen schimpflichen Namen zu verdienen. Alles, was neben hinausgeht, bleibt nicht mehr auf der geraden Linie, und wenn man nur ein wenig den rechten Weg verfehlt und in die Quere tritt —— Sehen Sie, solche Schritte bleiben tief in der Schande eingedrükt und werden nie wieder ausgelöscht.

Luc. (bey Seite.) Ich kann es nicht mehr ausstehen, mein Herz leidet zu viel. (Sie geht ab.)

Hr. Dab. Sie glauben also nicht, daß viele, nachdem sie sich verirret, wieder in den rechten Weg zurükgekehret, und in dieser neuen Bahne weiter fortgegangen sind. Ich verehre Ihre Denkungsart, aber, unter uns gesagt, ich halte sie für zu streng. Man muß den Fall nach den Gefahren abmessen, welche die Jugend umgeben. Sie ist zu unsern unglüklichen Zeiten sehr vielen ausgesetzt. Ein unerfahrenes und fühlbares Herz sieht sich verführt, ehe es sich dessen vermuthet. Die Erfahrung seiner

Voreltern ist für es ganz verlohren. Die Strenge richtet nichts aus, aber die Nachsicht, und unter ihrer sanften und großmüthigen Hand erwärmet öfters mancher Mensch, den man für verlassen hält, in sich selbst die von neuem auflebenden Keime, welche auf einmal die Tugenden wieder aufblühen machen.

Hr. Ducr. O! Sie werden mir niemals weis machen, daß ein Mensch von zwey und zwanzig Jahren sich von einem solchen Falle aufrichtet. Seine Aufführung zeugt von allen Merkmalen eines bösen Herzens und der ausschweifendsten Schwärmerey. Wenn Sie bedenken, daß er diese Thorheit begangen hat, da er die Rechte erlernte, da er sich zu dem verehrungswürdigen Amte eines Sachwalters bereitete — Ich erröthe vor Scham und vor Grimme — Ach! mein Sohn war bey weitem nicht so strafbar, er begieng einen viel geringern Fehler, und ich strafte ihn viel härter. Er entwich aus dem väterlichen Hause. Ich erfuhr, daß er hundert Stunden weit als Soldat in Besatzung lag. Wissen Sie, was ich that? Ich ließ ihn dem Könige dienen. Er schrieb mir klägliche Briefe. Mein Vater, schrieb er, es geht mir übel, ich leide Mangel an allem; ey, mein Sohn, antwortete ich ihm, du hast es so gewollt, du wirst dabey bleiben, eine gute Schule! Ich kaufte ihm nichts destoweniger eine Unterlieutenantsstelle; das Jahr darauf wurde sein Regiment in Stücke zerhauen und er blieb. Sein Verlust betrübte mich doch. Itzt, da er todt ist, kann ich sagen, daß ich ihn liebte — Und, sehen Sie, der garstige Jenneval weiß nicht, daß ich ihn im Grunde meines Herzens — Aber, ich werde mich wohl davor hüten, daß er es nie gewahr werde. Ich wollte nicht um alles von der Welt, daß er nur das mindeste vermuthete. Nichts ist gefährlicher, als die weichliche Nachsicht, von der Sie mir reden, diese Schwachheit des Geblüts — (Hier erscheint Bonnemer, der den Jenneval an der Hand führt.)

Dritter Auftritt.

Herr Dabelle, Herr Ducrone, Jenneval, Bonnemer.

Hr. Ducr. (fährt fort.) Aber wahrhaftig, er ist sehr unverschämt! Er ist noch so frech und kömmt mir unter die Augen, er sezt noch den Fuß in dieses Haus! — Was hat er da zu suchen?

Bonnem. (nähert sich dem Ducrone mit inständig bittendem Tone.) Lieber Herr — Ihr Wächter hat sich durch seinen Eifer verirrt. Er hat den Jenneval mit allzuschwarzen Farben geschildert. Er hat seinen Fehler berichtet, aber er hat seine Reue verschwiegen. Jenneval fühlt Reue, Jenneval entsagt dem vergangenen. Seine Stirne bedekt jene heilsame Röthe, die eine vollkommene Rükkehr zur Tugend verkündigt. Wir sind alle Bürgen für ihn —

Hr. Dab. Lieber Jenneval, nähern Sie sich, lassen Sie mich in Ihren Augen diese glükliche

Rükkehr lesen, über welche sich unser Freund freuet.

Jennev. (mit leiser Stimme, die seine Verlegenheit und seine Verwirrung zu erkennen giebt.) Mein Herr, könnte ich mich aller Ihrer Güte würdig machen! (bey Seite) welche Marter!

Bonnem. (zum Jenneval) Ich habe dir es gesagt: Lege diese falsche Schamhaftigkeit ab; alles ist wieder gut, du darfst nicht mehr erröthen. Ein einziges Wort aus deinem Munde hat uns entwafnet. Jederman weiß, daß du aufrichtig bist. (Er umarmt ihn) (Zum Herrn Ducrone) Kommen Sie, lieber Oheim, der Friedensvertrag ist geschlossen, und ich unterschreibe ihn, als Bürge.

(Er winkt dem Jenneval, daß er reden soll. Während dieser ganzen Zeit macht der Oheim eine finstere und zornige Stirne und stößt mit dem Stocke auf den Boden)

Jennev. (nähert sich.) Mein Oheim, wenn ich eben soviel Nachsicht von ihnen hoffen dürfte, so würden Sie den Kummer lindern, der mir bey jedem Schritte meines Lebens begegnet. Willigen Sie in mein Glück. Sagen Sie ein Wort und ich werde es besitzen. Diese großmüthigen Freunde haben mich kühn genug gemacht, in Ihrer Gegenwart zu erscheinen; aber ein Wort aus Ihrem Munde, ein einziges Zeugniß Ihrer Gewogenheit wird mich mir selbst wieder schenken.

Hr. Ducr. (mit unbeweglichem Tone) Junger Herr, wollen Sie wohl so gütig seyn und meinen Willen anhören?

Jenev. (mit Ehrfurcht.) Mein Oheim!

Hr. Ducr. Er wird unwiederruflich seyn, das sage ich Ihnen zum voraus. Ich sehe wohl, daß diese schleunige Rükkehr das Werk der Noth ist, aber ich lasse mich gewiß nicht einschläfern. Zum ersten fodere ich, daß man mir und zwar umständlich anzeige, zu welchem Gebrauche dieses gestohlene Geld verwandt worden ist. Hernach will ich wissen, wer das Mädchen sey, seit wann, wo und wie Sie dieselbe gekannt haben?

Bonnem. (fällt ihm in die Rede.) Ach! lieber Herr Ducrone, lassen Sie uns einen Vorhang darüber ziehen. Er hat gestanden, daß er sich hat verführen lassen. Die Verführung hat also ihre ganze Wirkung verlohren. Was wollen Sie mehr?

Hr. Dab. Mein Herr, lassen Sie uns großmüthig handeln. Sein Herz giebt sich uns wieder. Wir wollen ihm die Ehre des Kriegsrechts gewähren. Jenneval, werfen Sie sich Ihrem Oheim um den Hals und alles soll vergessen seyn. (Jenneval nähert sich, seinen Oheim zu umarmen.)

Hr. Ducr. (tritt zurück.) Nein, meine Herren, nein — Ich bin Ihnen sehr dafür verbunden. Dringen Sie nicht mehr so sehr in mich, ich bitte Sie darum. Ich habe es Ihnen schon gesagt, man gewinnt mich nicht durch falsche Schmeicheleyen. Sie kennen ihn nicht, wie ich. Sehen Sie diese verstellte Sittsamkeit und diese heuchlerische Mine der Sanftmuth; izt entsteht sie nur aus dem Eigennutze, der ihn mir unterwirft —

Jennev. (mit einem erstickenden Tone.) Ich, ein

Heuchler! mein Herr —— (bey Seite.) Kann ich mich noch verstellen!

Hr. Ducr. Ich will bessere Proben einer wahren Reue. Das beste Mittel, mich zu überzeugen, daß man mein Herz mehr, als meinen Beutel begehrt, ist, daß man sich diesen Augenblick meinen Befehlen unterwerfe. O! ich lasse mich nicht durch eitle Geberden betrügen. Ehe ich überzeugt werde, muß durch eine viele Jahre lang untadelhafte Aufführung dieser Flecke ausgetilgt werden. Zum ersten wird diese gestohlene Summe, die ich izt wieder erstatten will, von deinem Gehalte abgezogen werden, und folglich werden die Quartale von heute an, gleich verringert werden, bis alles berichtiget ist. Es ist gut, daß man dich empfinden mache, was der Verlust eines Geldes betrage, das so thörichter Weise verschwendet worden ist. Ich habe genug für Sie gethan, mein Herr. Es ist Zeit, daß Sie etwas für sich selbst thun. Wir wollen sehen, was Sie zu thun fähig sind. Der Müssiggang war der Fallstrick deiner Jugend und die Arbeit wird ein sicheres Verwahrungsmittel dawider werden.

Nun also, höre die Bedingungen an, unter welchen ich noch vergeben kann. Wähle, entweder erfülle sie, oder sieh mich niemals mehr wieder. Ich will, daß du morgen schon in eine Provinz abreisen sollst, in eine gewisse Stadt und in ein gewisses Haus, so ich dir anzeigen werde, um daselbst die Rechte vollends auszuhören, die in dem verdammten Paris sich so lang verzögern. Ich will durchaus, daß du dich von dieser leidigen Hauptstadt entfernen sollst, wo du deine Sitten vollends verderben würdest; du sollst mir dabey weder mittelbar noch unmittelbar den mindesten Briefwechsel hier unterhalten. Paris ist voll dergleichen Dirnen, welche die Jugend wider ihre Eltern empören; aber darum werde ich mein Vermögen nicht gesammlet haben, damit es der Schwelgerey und der Wollust zur Beute diene. Deine glänzende Göttin, deine Rosalie, laß ich heute Abend noch einsperren. Meine Klage ist schon angebracht, und die weise Obrigkeit, welche so gut für die Erhaltung der guten Sitten, als für die Sicherheit der Bürger wachet, wird sie an sichern Ort zu bringen wissen. Sie soll mir wahrhaftig für ihre ganze künftige Lebenszeit eingemauert werden.

Jenney. (erhebt die Stimme.) Und mit welchem Rechte verfolgen Sie sie, mein Herr? Wie unterstehen Sie sich die Freyheit einer Person anzugreifen, die Sie nicht kennen? Einen solchen Befehl durch die Hülfe einer niederträchtigen Verläumdung erschleichen, heißt eine Schandthat begehen, die desto grausamer ist, da man sie mit einem Scheine der Gerechtigkeit bemäntelt. Nehmen Sie sich in acht und gehen Sie nicht weiter, denn ich nehme mir die Freyheit, Sie hier zu versichern —

Hr. Ducr. Aha! du machst den Don Quichotte, irrender Ritter! Geh, geh, du wirst es mir einst verdanken, wenn die Zeit deiner thörichten Liebe vorbey seyn wird. Alsdann würdest du die Helfte deines Lebens dafür geben, die erstere zurück zu kaufen. Glaube mir, überlasse sie ihrer Niederträchtigkeit; laß sie wieder in das Elend zurükfallen, aus welchem sie deine dumme Schwachheit gezogen hat. — Ein schlechtes Mensch —

Jennev. Wenn sie auch wirklich so schlecht wäre, als Sie es vorgeben, so würde sie Ihre Unbilligkeit, Ihre Härte in der Verzweiflung des Lasters beståttigen; denn Sie würden ihr das schreckliche und grausame Recht verleihen, Sie und alle Menschen zu hassen — Aber ich, ich werde nicht so niederträchtig seyn können.

Hr Ducr. Wie, du treibst die Unbesonnenheit — Sollte es mich die Helfte meines Vermögens kosten, siehst du, und diesen Augenblick — eingesperrt soll sie werden, sage ich dir, und so eng gekerkert —

Jennev. (mit heraus fallender Wuth.) Ich will sie gegen alle vertheidigen — sollte es gegen Sie selbst seyn — Mein Leben hängt davon ab — Wenn Sie ihre Ruhe stöhren, Wütrich, so sollen Sie mir dafür stehen.

Hr Ducr. (hebt seinen Stock auf, aber Bonnemer hält ihn ein.) Unverschämter!

Hr Dab. Jenneval, sollte es möglich seyn! — Ich bin so bestürzt, als betrübt.

Bonnem. Ist dieß, was du mir versprochen hattest? — Mir zugefallen —

Jennev. (heftig.) Verlassen Sie mich alle, aber zum wenigsten quälen Sie mich nicht mehr. (er wird weichherziger.) Vergeben Sie! ach! wenn Ihnen meine Seele ganz deutlich bekannt wäre. Nein, ich kann mich nicht mehr verstellen. Ich war gezwungen, einen Augenblick eine Larve zu tragen, meine Rolle war zu gefährlich und beynahe wäre ich unter ihr gesunken. Sehen Sie mich also so, wie ich bin. Ich liebe, und derjenigen, welche man beleidiget, derjenigen, deren Tugenden man in Zweifel zieht, die ich allein kenne, habe ich die Bescheidenheit zu danken, die ich bisher gebraucht habe. Meine Vernunft rechtfertiget das ganze Uebermaaß meiner Zärtlichkeit. Ich werde die theuren und heiligen Verbindungen erfüllen, die mein Herz zugestanden hat. Warum kann ich sie nicht in diesem Augenblicke zur Vertilgung alles unbilligen Verdachtes an den Fuß der Altäre führen! Da würde man sehen, wie sehr ich sie verehre. Sie ist arm, wird man sagen; nun ja; dieß ist das Pfand ihrer Tugend. Wie, soll man die Dürftigkeit mit dem nemlichen Auge ansehen, wie das Verbrechen? Und weil ein Mädchen nicht im Ueberflusse leben kann, soll sie aufhören ehrlich zu seyn? elende Vorurtheile! ich will der erste seyn, der euch trotzet.

Hr Ducr. Wenn sie tugendhaft wäre, wenn sich die Stimme der Ehre in ihrer Seele hören liesse, kurz, wenn sie dich liebte, würde sie dich zu gewissenhaften Gesinnungen zurükführen, sie würde dich nicht der Reue ausgesezt haben, der Gefahr, dem Schimpfe, den ein befleckender Schelmenstreich nach sich zieht; hat sie nicht mit dir die Früchte deiner Lasterthat getheilet? — Geh nur, ich werde dich schon zurechte zu bringen wissen. Ich will dich lehren, wie man einen jungen Schwärmer zu seinen Pflichten zurückführt. Du bist noch nicht da, wo du zu seyn glaubst. Folge deinem schönen Wege; ich will dir auch auf meiner Seite folgen, nicht aus Liebe zu dir, sondern aus Ehrfurcht gegen das Andenken deines Vaters. Ich will es schon verhindern, daß du nicht einst, von einem lüderlichen Weibsbilde geleitet, deine Familie öffentlich beschimpfest.

Jennev. Ach! wenn ich einer niederträchtigen That schuldig geworden bin, die Sie mir so oft und mit so vieler Bitterkeit vorwerfen, so wissen Sie, daß ich nicht allein strafbar bin. Ich habe Ihnen die äusserste Noth vergeben, in welche Sie mich gesezt haben; Vergeben Sie mir zum wenigsten einen Fehler, dessen erste Ursache Sie sind.

Hr Ducr. Ich!

Jennev. Ja, Sie — Das Gesätz hat Sie zum Verwahrer meines Vermögens ernennt; aber haben Sie seinen Inhalt und seine Absicht erfüllt? Mit einer unerbittlichen Strenge sind Sie mit mir verfahren. Sie haben mir zwar nicht das unumgänglich Nothwendige versagt, welches ein ewiges Geschrey wider Sie erregt haben würde, aber Sie haben mir doch die Mittel entzogen, jene andere nöthigen Ausgaben zu bestreiten, welche Kinder der Ehre und für eine edle Seele gleich wichtig, gleich werth sind. Dieß waren unvermeidliche Ausgaben in einer Welt, wo ich mich wegen meinem Stande mit Ehre zeigen mußte. Aber Sie haben niemals den Geist dieses Jahrhunderts begreifen wollen, der sich unsers Willens bemeistert. Wie oft ist dieses stolze Herz gedemüthiget worden! Wenn Sie mir das verwilligt hätten, was ich zu erwarten und so gar zu fodern berechtiget war, würde ich izt nicht beschimpft worden seyn. Der niedrigste Handwerksmann, in den dunklen Kreis eingeschränkt, in den ihn das Schiksal gesezt hatte, war hundertmal glüklicher als ich, genöthiget mich sehen zulassen und gezwungen mich zu verbergen.

Hr Ducr. Ich habe gegeben, was zu geben nöthig war. Wenn das Jahrhundert ausschweift, so bin ich nicht dazu gemacht, seinen Grillen zu folgen. Ist der Verstand des Gesätzes wohl der, daß ein Vormund die Ausschweifungen seines Mündels befördern soll? Das Gold würde in deinen Händen ein gefährliches Gift geworden seyn. Uebrigens ist deine Rechnung in Ordnung. An dem Tage, da du großjährig wirst, wird man dir sie in der besten Richtigkeit vorlegen. Bist du alsdann nicht zufrieden, so verklage mich vor Gericht; meine Antwort ist völlig fertig.

Jennev. Nein —— Ich will nicht von den Richterstuben erwarten, was mir Ihr Herz versagt. Wenn Sie sich nicht selbst richten können, so ist es nicht an mir, zu erröthen.

Hr Ducr. Vergießt du, mit wem du sprichst?

Jennev. Ich würde mich daran erinnern, wenn Sie nicht unmenschlich wären. Ein Oheim, der seinen Vetter liebt, bedaurt ihn, wenn er sich verirrt, aber er begegnet ihm nicht grob.

Hr Ducr. Kann ich dir grob begegnen, dir, der du nichts mehr verdienest, als Verachtung——

Bonnem. (nähert sich mit einem von Thränen feuchten Auge.) Lieber Herr Ducrone, es ist genug — ach! mässigen Sie sich, um der Freundschaft willen.

(Während dieser Zeit schweigt Herr Dabelle und seufzet.)

Hr Ducr. Ich soll mich mässigen! Ach! der Himmel ist mein Zeuge, daß es nicht Zorn ist, der mich bewegt. Seinen eigenen Vortheil suche ich vielmehr, als den meinigen — Meine Herren, in allem, was ehrlich, billig, vernünftig seyn wird, wird er mich immer bereit sehen, ihm zu helfen, und, er mag auch sagen, was er will, sogar seinen Wünschen zuvor zu kommen; aber er soll mich auch, wenn er sich der Pflicht widersezt, so unbeweglich sehen, daß mich nichts wird überwinden können — Wir wollen sehen; wenn er morgen, um diese Zeit, da ich izt mit Ihnen rede, nicht zwanzig Stunden weit von hier ist; so schwöre ich —

Jennev. (mit Stolze.) Ersparen Sie sich unnütze Drohungen. Ich werde keine andere Gesätze mehr annehmen, als von diesem Herzen, welches man zernichten möchte, und welches sich groß genug fühlt, ein gerechtes Vertrauen in sich selbst zu setzen. Ich werde frey, unabhängig, Herr darüber seyn, meine Hand zu vergeben. Warum geben Sie sich so viele Mühe, mein Leben zu quälen? Wenn Sie es verschworen haben, mir kein Gutes mehr zu erweisen, so machen Sie mich zum wenigsten auch nicht unglüklicher. Sollten Sie wohl Ihre Macht eifriger vertheidigen wollen, als mein Glück?

Hr Ducr. Ich wollte es, Undankbarer, dieses Glück, welches du verwirfst; aber du trotzest einer Güte, die zu sehr der Schwachheit ähnlich ist. Du hast zu sehr wider mich gefehlt, als daß ich dir jemals vergebe. Wenn du mir gefolget hättest, so hätte ich noch das Vergangene vergessen können, aber izt ist alles vorbey — Sieh, wie weit meine Güte für dich gieng. Ich hatte eine Summe von hunderttausend Livres auf die Seite gelegt, dir ein Amt zu kaufen, sobald du die Rechte ausgehöret haben würdest; aber Gott bewahre mich davor. Dieses Geld ist mein, und ich werde es zu geniesen wissen. Man hat vor kurzem neue Leibrenten errichtet, die gerade zu rechter Zeit kömmt, dich zu strafen und meine Einkünfte zu verdoppeln. Wie, ich sollte mich derselben berauben, für wen, wenn man fragen darf? für einen begierigen, eigennützigen Schwärmer, für einen undankbaren, unartig gewordenen Vetter, dessen geheime Wünsche mich in den Sarg stossen und der nur den Augenblick meines Todes erwartet, um mit seinem abscheulichen Mensch auf meinem Grabe zu lachen und zu tanzen!

Jenney. Diese niederträchtigen Gesinnungen, welche Sie mir andichten, haben nur Sie allein erdenken können. Behalten Sie Ihr Vermögen und machen Sie den Gebrauch davon, der Ihnen gefällig ist. Ich verlange nicht, daß man in Ansehung meiner großmüthig und freygebig seyn soll, ich wünschte nur, daß man gerecht und billig wäre.

Hr Ducr. Ich werde es endlich seyn und dich enterben —— Du hast meinen Zorn zu sehr verdient.

Hr Dab. (zum Ducrone mit einem edeln und sehr beweglichen Tone.) Ach! lieber Oheim, hören Sie diesen ersten Augenblick der Hitze nicht an. Er wird Sie die nemlichen Gesinnungen wieder annehmen lassen, von denen Sie immer belebt wurden. Ich bin Vater, ich kenne das Vergnügen, ein Vermögen zu besitzen, um es seinen Nachkommen zu versichern. Indessen glauben Sie, wenn ich meine Tochter auch nicht hätte und verschiedene Erben hätte, so würde ich niemals einigen Vorwand suchen, um einen einzigen seines Rechtes der Erbschaft zu berauben. Dieses Recht ist unveräusserlich und heilig; denn dadurch, daß wir ihnen unsere Erbschaft entziehen, machen wir sie nicht zu rechtschaffenern Leuten. Jede Handlung, die nicht einen nüzlichen Endzweck hat, ist sehr nahe, tadelhaft zu werden. Vergönnt gleich der Staat, daß man die engeste Bande breche, so wollen wir es den unempfindlichen Herzen überlassen, dieser leidigen Lockspeise nachzugehen. Der wahre Bürger ist kein einsames Wesen. Lassen Sie uns besonders uns wohl hüten, daß wir in dem Augenblicke, wo wir vor dem höchsten Wesen erscheinen werden, nicht das mindeste mehr an uns behalten, das dem Hasse oder der Rache gleich sehen könnte —— Um des Himmels willen! lassen Sie mich Mittler in dieser Sache seyn. Wir wollen einen neuen Vertrag schliessen. Lassen Sie ein wenig von dieser äusserſten Strenge nach — Jenneval iſt empfindlich und dieser koſtbare Charakter muß geschonet werden.

Hr Ducr. (zieht ſeinen Hut ab.) Noch einmal, mein Herr, es iſt nicht Ihr Vetter. Ich frage niemals jemand anders um Rath, als mich, und ich weiß sehr wohl, was ich thue. Erlauben Sie alſo, daß ich an meinem erſten Willen nichts abändere; das hieſſe eine lächerliche Zärtlichkeit haben, wenn man ſie für einen widerſpenſtigen Vetter behalten wollte, der mir Schande und Kummer verurſachet — Um indeſſen allen Vorwurf einer erbitterten Feindschaft von mir abzulehnen; will ich ihm wohl noch die Wahl laſſen. Seyen Sie alſo hier Zeugen meiner lezten Güte. (zum Jenneval.) Nun, entſchlieſſe dich, diesen Augenblick abzureiſen, oder wenn du anſtehſt, ſieh — nimm dich in Acht — Du ziehſt dir gewiß meine ewige Feindſchaft zu.

Jennev. (mit einem ruhigen Tone.) Laſſen Sie die Pfeile Ihrer Rache den unglüklichen Gegenſtand treffen, mit welchem ich das Glück meines Lebens verbunden habe, Sie können es, mein Herr; aber es iſt mir unmöglich, mich von ihr zu trennen — Ich würde Ihnen mehr hierüber ſagen, aber Sie gehen viel zu trozig gebieteriſch mit mir um, als daß Sie von mir ein Vertrauen erhalten ſollten, das ich vielleicht einem Freunde verſagen würde. Ueberlaſſen Sie mich mir ſelbſt, dem unglüklichen Schikſale, das mich erwartet; es ſind mir Quaalen genug vorbehalten. (Er ſieht den Herrn

Dabelle schmerzhaft und zärtlich an.) Wenn ich hätte nachgeben können, würde ich schon nachgegeben haben.

Hr Ducr. (voll Zorn.) Du widersetzest dich mir? nun gut, nun ist es völlig aus; das schwöre ich dir bey der Ehre, die du verläugnet hast. Ich erröthe darüber, daß ich so viele Nachsicht für dich gehabt habe. Ich hatte dich schlecht gekannt und es reuet mich sogar, daß ich so zärtlich für deine erstern Jahre gewachet habe. Es wäre besser für dich, du wärest in der Wiege gestorben. Wenn dein Vater noch lebte, würdest du ihn vor Kummer tödten. Geh, ich sehe deine Unordnungen mit trockenem Auge; ich war zu gütig, daß ich mich zu deinem Vortheile ereiferte. Stürze dich in das Verderben, weil du zu Grunde gehen willst. Fahre weiter auf der Bahne der Ausschweifung und des Lasters fort. Du wirst die traurigen Folgen davon einerndten. Alle das Uebel, das daraus entsteht, wird sich bald auf deinem Haupte sammlen, mein beleidigtes Ansehen und meine vergessenen Lehren rächen —— Ich verbiete dir, mich jemals deinen Verwandten zu nennen. Ich —— ich habe keinen Vetter mehr. (Er geht ab.)

Jennev. (lebhaft.) Und ich, ich habe nie einen Oheim gehabt.

Vierter Auftritt.

Herr Dabelle, Jenneval, Bonnemer.

Hr Dab. Wiederrufen Sie diese leztern Worte,

unglüklicher Jüngling! Er wird Ihnen bleiben, glauben Sie mir. So unerbittlich er ist, müssen Sie Ehrfurcht für ihn haben. Seine Strenge rührt von seinem Charakter her. Sie ist die ungestümme Bewegung der Tugend und vielleicht auch sogar jene der Zärtlichkeit. Wenn er Sie minder liebte, würde er die Sachen nicht auf das Aeusserste getrieben haben.

Jennev. Mein Herr; ich kenne Ihre Seele — Ich liebe Sie — Ich verehre Sie — Ich würde mein Blut für Sie lassen; wenn ich mich hätte mässigen können, so würde ich es gethan haben; was ich Ihrer Sorgfalt schuldig bin — Bedauren Sie mich; tadeln Sie eine unüberwindliche Neigung nicht — Ach! es war eine Zeit — Wir wollen nicht mehr davon reden. Wenn mir jemand hätte helfen können zu überwinden, so wären Sie es unstreitig gewesen —

Hr Dab. (drükt ihn in seine Arme.) Beruhigen Sie sich — (zeigt ihm den Bonnemer). Werfen Sie sich diesem Freunde wieder in die Arme — Oefnen Sie ihm Ihr Herz. Giebt es wohl eine Wunde, deren Schmerz nicht die Freundschaft lindert! ich bedaure Sie, aber zum wenigsten muß Sie auch der Sturm der Leidenschaften die heiligsten Pflichten nicht vergessen machen. Diese müssen in einer wohlgebildeten Seele den Sieg, und zwar den Sieg über alles erhalten.

(Er geht ab. Jenneval bleibt unbeweglich und nachdenkend.)

Fünfter Auftritt.

Jenneval, Bonnemer.

Bonnem. Ach! wenn du doch nur dieser leidigen Neigung entsagen könntest! wenn du sie doch nur uns zu gefallen bekämpfen wolltest. Wenn durch ein heldenmüthiges und großmüthiges Opfer —— Das heißt, sich als einen Mann zeigen, wenn man den Sieg erhält—— Ich betrübe dich, verzeih ——

Jennev. Lieber Bonnemer, ich verdiene das Mitleiden fühlbarer und gelinder Seelen, das Erbarmen, welches man für die Unglüklichen empfindet.

Bonnem. Und für die Unbesonnenen!

Jennev. Ach! Ich bin um destomehr zu bedauren. Dann wird Nachsicht Gerechtigkeit. Laß mich, ich fürchte mehr deinen Thränen nachzugeben, als es mich schmerzt, ihnen zu widerstehen. Man droht der Freyheit der Rosalie; ich eile —— Wie viele Streiche vereinigen sich auf dieses empfindungsvolle Herz! wie sehr fühle ich mich gedrükt! —— Himmel! hier ist der lezte, Lucile! ——

Sechster Auftritt.

Lucile, Jenneval, Bonnemer.

Luc. (mit edler, natürlicher Aufrichtigkeit.) Nein, mein Herr, Sie werden nicht ausgehen. Erlauben Sie, daß ich Ihnen vorstelle, was mir die Freundschaft in diesem Augenblicke ein=

giebt. Wie! sollte es Ihnen denn so schwer fallen, sich einem Oheime zu unterwerfen, den Sie seit Ihrer Kindheit kennen sollen? Können Sie meinem Vater, ihrem Freunde nicht nachgeben —— Ich selbst, ich finde mich gezwungen, mich mit ihnen zu vereinigen —— Izt habe ich ihn angetroffen. Ich habe ihm alles gesagt, was mir mein Herz hat eingeben können. Ich habe ihn stark darüber bewegt gesehen; vielleicht wäre es noch Zeit, ihn zu erbitten —— Sie antworten nichts —— Sollten Sie mir wohl den Antheil nicht gönnen, den ich an Ihrem Kummer nehme? ——

Jennev. Ach! —— den Quaalen, die ich ausstehe, fehlte nichts, als Sie dabey empfindlich zu sehen. Wie! Sie würdigen einen Menschen, der Ihre Blicke nicht mehr verdienet, Ihres Antheils an seinem Schiksale? Ich bin Ihres Mitleids zu unwürdig. Ich fliehe —— Voll Verzweiflung trage ich in meinem Herzen die Reue, daß ich vor Ihnen die Augen nicht aufheben darf; erlauben Sie, daß ich meine Schande, meinen Schmerz —— und meine Reue verbergen darf.

Bonnem. (läuft dem Jenneval nach.) Jenneval!

Jennev. (in dem Grunde der Schaubühne.) Was willst du wohl noch mit mir, da ich meine Seele habe zwingen können, sogar Ihr zu widerstehen?

* * *

Siebender Auftritt.

Lucile, Bonnemer.

Luc. (mit Eifer.) Verlassen Sie ihn nicht. Sein Verstand ist verwirrt. Folgen Sie seinen Schritten nach. Führen Sie ihn wider seinen Willen zurück. Man muß alles anwenden, ihn zu retten. Ich kann nicht sehen, daß ein Jüngling, der zum Guten gebohren schien, der gestern noch die allgemeine Hochachtung besaß, auf dem Wege sey, seine Sitten und eben jene Hochachtung zu verlieren, welche ihm die meinige versicherte — Wenn — Ich kann nicht fortfahren.

Bonnem. Ach! wenn mein Eifer nöthig hätte, aufgemuntert zu werden, würde mich Ihr großmüthiges Mitleiden mit neuer Flamme anfeuern. Ich werde ihn nicht verlassen, und sollte ihn auch meine Gegenwart ermüden, so wird er immer die rührende und strenge Stimme seines Freundes hören.

Achter Auftritt.

Lucile (allein.)

Er verderbt sich aus Liebe für eine andere, und ich kann noch gerührt dabey seyn! Zu werther Jenneval! könnte dir doch nur zum wenigsten der Kummer, welcher mich verzehrt, die Ruhe wieder geben; aber nein, dein Leben ist eben so unruhig, wie das meinige.

Ende des dritten Aufzugs.

Vierter Aufzug.

(Die Schaubühne stellt eine Kammer vor, wo man nur die vier Mauern und einige Stüle sieht. Ein Mann bringt einen Reisekoffer und stellet ihn nieder. Rosalie tritt plözlich und in völliger Unordnung herein. Die Nacht fängt an und dieser traurige Ort wird nur von einer düstern Lampe beleuchtet.)

Erster Auftritt.

Rosalie, Justine.

Ros. Wie? immer von der Wuth der Mannsleute verfolgt! (sie sieht den Koffer an) Dieß ist also alles, was man hat retten können! o Rache! Ich will das schreckliche Feuer ausbrechen lassen, das in meinem Busen gähret — Einen Augenblick später, wo würde ich seyn? in einem schrecklichen Gefängniße — Ich erkenne euch, niederträchtige Verfolger; ihr zerdrükt den Schwachen ohne Erbarmung, ihr seyd so grausam, als ihr es seyn könnt, aber ihr werdet nichts dabey gewonnen haben; eure unumschränkte Herrschaft wird für euch leidige Folgen wirken. Ich will eure Wuth übertreffen — Zittert! (zur Justine) Glaubst du, daß wir an diesem elenden Orte in Sicherheit seyen, dann es scheint seit einiger Zeit, als wären die Mauern durchsichtig geworden. Ein unzuermüdender Arm führet von allen Seiten ein Heer Wächter her, und es giebt keinen Schutzort mehr wider dieses wachsame und schreckliche Aug.

Just. Seyen Sie ohne Furcht — Sobald wir hier versteckt sind, steht Brigard dafür —

Ros. (mit ungedultiger Wuth.) Wird er bald kommen?

Just. Er soll nicht lang mehr ausbleiben. Er hat uns noch zu rechter Zeit gewarnet und ohne seine Sorgfalt —

Ros. Ach! auf wen soll die ganze Last der Quaalen, die ich ausstehe, zurükfallen! — Hier fühle ich, wie nöthig mir die Rache wird; du, Augenblick, der du sie vollziehen sollst, eile — der Himmel ist eisern für mich, die Menschen haben sich wütend zu meinem Untergange verschworen — Nun, ihr Tyrannen meines Daseyns, habt ihr noch einige Plagen übrig, schießt alle eure Pfeile wider mich los, ich trotze eurem verdoppelten Zorne. Ich will mein Schiksal bis aufs äusserste treiben; günstig oder schrecklich, es ist Zeit, daß es sich entscheide.

Just. Es ist noch nicht alle Hofnung verlohren —

Ros. Ich will nichts hören, sage ich dir — (mit leiser Stimme, indem Justine in dem Grunde ist.) Der Abgrund umgiebt mich; ich falle, oder ich stürze meinen Feind hinein. Ich verschonte ihn, meine Grausamkeit wird zur Gerechtigkeit. Laßt uns die Macht des Ungerechten abwägen. O Nacht, verfinstere deinen Schleyer! O wirksame und düstere Rache, du, die du in dem Schatten wachest und schlägst, verbirg deinen Dolch bis auf den Augenblick, wo ich ihn auf das Herz meines Schlachtopfers setze; es muß fallen und mein Schiksal muß siegen —— (zur Justine.) Sieh, ob sich jemand blicken läßt.

Zweyter Auftritt.

Rosalie (allein.)

Soll ich denn gezwungen seyn, diese Hauptstadt zu verlassen, den einzigen Ort auf der Erde, wo ich mit freyem Blicke mich zeigen und das Glück antreffen kann, welches so viele andere besitzen? Ach! wenn ich hier keine Hülfe finde, so giebt es keine mehr für mich auf der Welt — Abscheulicher Alter, du bist gekommen, den glüklichen Plan zu zernichten, den ich entworfen hatte; ich kann dich zernichten, aber meine That ist nichts, wenn dein Vetter nicht der erste Mitschuldige dabey wird. Jonneval bleibt mir übrig und meine ganze Seele ist noch nicht in die seinige übergeflossen, ich habe ihm meine Rache nicht eingeflößet! Was ist aus meinem erfinderischen Geiste geworden? Aber seine Tugend —— Seine Tugend muß meiner Neigung nachgeben —— Er ist schwach —— Er hat mit dem Diebstale angefangen, er wird mit der Mordthat endigen —— Seine Seele ist in meinen Händen —— Ich muß ihn mit Liebe umringen, diese muß ihn rasend machen, durch meine Verführungen betäubt muß er auf den Ruf meiner Stimme die Brust desjenigen durchbohren, den ich verabscheue, und ganz blutig werfe er sich wieder in meine Arme, die das Geschrey seines Gewissens besänftigen sollen.

Dritter Auftritt.

Rosalie, Brigard.

Ros. Wo ist Jenneval? Hast du ihn gefunden? Wird er kommen?

Brig. Ja; ich habe mehr gethan; ich habe auf alle seine Schritte Acht gegeben. Nach diesem habe ich auf den Oheim gelauret — dieß ist mein altes Handwerk — Er speißt heute, ohne daß man es weiß, in der Bruchstrasse bey einem Manne zu Nacht, der seine Geschäften besorgt und der es ihm versprochen hat, sein Geld, so vortheilhaft, als möglich, in eine Leibrente anzubringen; übrigens hat der Alte, der alles wider uns anwendet, einen unbesonnenen Streich begangen. Er hat das Herz seines Vetters verwundet. Ich habe ihn in der ersten Hitze seines Unwillens angetroffen; er war rasend, er hat mir alles anvertraut. Ich habe ihm gesagt, daß ich allen Streichen zuvorkommen würde, die uns dieser hartnäckige Kopf anbringen wollte, daß ich dich gegen seine Verfolgungen in Sicherheit bringen würde. Er hat mich umarmet, er hat mich seinen Beschützer, seinen Freund genannt. Der Donner! Sein Geld in Leibrenten legen! Wenn diese Erbschaft seinem Vetter nicht zufällt, so sind unsere Hofnungen vereitelt, aber die Sache liegt mir zu sehr am Herzen, als daß ich sie versäumen sollte. Mit seinem kleinen Degen von gediegenem Silber, den er nach der alten Mode trägt, sieht er gerade so aus, wie vor Zeiten ein Rauser. O ich muß einen deutschen Streit mit ihm anfangen. Er ist feurig, zornig; er würde den Degen ziehen und ich, (er bringt einen Fechtstoß an) und ich, der ich vor Zeiten Vorfechter war, würde ihn bald niedergebohrt haben. Da würde er mir gut liegen! Er ist ein Wurm, der beissen will und den man zertretten muß.

Ros. Lauf geschwind und bring mir den Jenneval her; ich muß mich seiner versichern; du verstehest mich. Wenn er sich mir überläßt, wie ich nicht daran zweifle — Haue zu — Seine Stösse werden auf die deinigen folgen. Er ist in der Wuth, sagst du — Gieb auf alle seine Bewegungen, auch auf die meinigen Acht — Wenn wir beysammen seyn werden, so komm zu gelegener Zeit herein, und geh wieder so fort — Du wirst meine Geberden und sogar mein Stillschweigen auslegen — aber, alsdann denk an alles und mache dir jeden Augenblick zu Nütze; die Klugheit muß sich mit der Verwegenheit vereinigen —

Brig. Wem sagst du dieses? Ich will alle Spurhunde der Policey verwirren; ich kenne alle ihre Schliche. Ich kenne vier finstere Winkel in dieser grossen Stadt, wo ich troz — Uebrigens redet ein todter Mensch nicht mehr — das ist gewiß —

Rosal. (mit unerschrockenem, vestem Muthe.) Du verlierst die Zeit mit Reden. In dieser Stunde sollte ich schon die Nachricht von seinem Tode erhalten — Ich kann es nicht mehr erwarten und ich lebe nicht länger —

Vierter Auftritt.

Rosalie, Brigard, Justine.

Just. (kömmt herbeygelaufen.) Fräulein, der Jenneval kömmt die Treppe herauf —

Ros. (zum Brigard.) Gieb auf jeden meiner Blicke Achtung —

(Brigard giebt seinen Beyfall durch einen Wink zu erkennen und geht ab. Rosalie wirft sich auf einen Sessel mit dem Schnupftuche auf den Augen, einem Arme in der Luft und scheint in die größte Verzweiflung versunken.)

Fünfter Auftritt.

Rosalie, Jenneval.

Jennev. (merkt, daß Rosalie weinet.) O Himmel! dieß sind also die Quaalen, die ich dir verursache! Dir — Ach! ich werde von deinem Schmerze sterben, wenn mich auch der meinige leben läßt — Anbetenswürdige Rosalie, vergieb. Sieh mich nicht als einen Strafbaren an. Ich habe mehr gelitten, als du — Beruhige mein beängstigtes Herz — Sage, daß du die Schuld nicht auf mich wirfst, daß mein unglükliches Schiksal dich einem so unbilligen Verfahren ausgesetzet hat; sage, daß nichts deine Liebe stöhren kann, diese kostbare Liebe, die izt meine einzige Hofnung ausmacht — Nein, nur zu deinen Füssen finde ich noch einigen Schatten des Glückes.

Ros. Für mich giebt es kein Glück mehr, Jenneval; die Armuth ist nichts, aber die Schande, mit welcher man mich hat bedecken wollen, die Verachtung — der unbillige und öffentliche Schimpf, den man mir angethan hat, erniedrigt mich und zerreißt mir das Herz — Glüklich war ich, ehe ich Sie kannte, und ich sehe den ersten Tag, da ich Sie gesehen habe, als den leidigen Zeitpunkt des Unglüks meines Lebens an —— Warum kommen Sie noch hieher, was haben Sie hier noch zu suchen? — Wir müssen uns von einander trennen — Ueberlassen Sie mich meinem Schiksale — So schrecklich es ist, fürchte ich, Sie möchten es noch schwerer für mich machen — Wir wollen einander nie mehr wieder sehen; mehr habe ich Ihnen nicht zu sagen.

Jennev. Nie! welches Wort! hast du es aussprechen können?

Ros. Ja, ich will weit von Ihnen wegfliehen. Meine in Thränen schwimmenden Augen werden Sie nicht länger mehr sehen, als nur noch einige Augenblicke. Ich wollte sie gern bezwingen, diese schimpflichen Thränen — Möchten Sie mich vergessen können!

Jennev. Nein, liebe und zärtliche Freundin! Nein, ich höre die unbillige Klage Ihres Schmerzens nicht an. Sie sollen mich nicht noch vollends in Verzweiflung stürzen. Von Ihnen allein verspricht sich mein Herz einige Linderung. Ihnen hat es sich izt ganz überlassen. Schildern Sie mir Ihre Unglüksfälle nicht, sie sind mit unauslöschlichen Zügen tief in mein Herz gegraben; aber da uns beide der nemliche Streich niederschlägt, wollen wir nur daran denken, uns zu betrüben, anstatt uns gegenseitige Hülfe zu leisten —— Ich bin die erste Ursache des Unglüks, welches dich drükt, aber da es mein Herz gesteht, sollte das deinige, liebe Rosalie, welches Mitleiden für meine Unglüksfälle fühlen soll, sollte das deinige mich nicht wider dich selbst vertheidigen? Alles was du ausstehst, ist meiner Seele gegenwärtig, aber was ich leide, weißt du nicht —— Nein, du wirst es niemals wissen.

Ros. (schluchzend.) Was habe ich diesem grausamen Manne gethan, daß er mich verfolgt? Was hat er für ein Recht, meine Freyheit und meine Ruhe anzugreifen? Wie grausam hat er mich schon beleidigt! Er ist mit mir wie mit dem schlechtesten Geschöpfe umgegangen; und Jenneval, Sie wissen ob ich dieses schreckliche Verfahren verdiene —— Es ist vorbey, sehen Sie mich nicht mehr wieder; fodern Sie nicht mehr von mir, daß ich Sie wieder sehe. Der schreckliche Zustand, in welchen er mich versezt hat, läßt mir keine andere Zuflucht mehr übrig, als einen schleunigen Tod.

Jennev. Was sagst du mir? du sterben, du! — Um meiner Zärtlichkeit willen, laß dich nicht gänzlich niederschlagen —— Beruhige dich— Niemals habe ich so viel Liebe und so viel Wuth empfunden.

Ros. Ich gestehe dir es, ich fühle mehr Muth in mir, zu sterben, als in einem schimpflichen Zustande zu schmachten. Die Schande ist ein langsames Gift, welches eine empfindliche Seele verzehret, und die meinige ist es noch tausendmal mehr, als du dir es vorstellest. Welch feindseliges Verhängniß verbreitet sich über deine Tage und über die meinigen! Ach! wenn ich mich von diesem Falle nicht erheben kann, so entschliesse dich, mich zu verlieren. Ich bin dazu entschlossen. Wenn du mich nicht liebtest, würde ich schon nicht mehr leben.

Jenney. (schlägt die Hände zusammen.) Ich Unglüklicher! Ach Rosalie, um der Liebe willen, rette mich von der Verzweiflung. Wie, ich sollte das Geschrey meines Herzens mir zurufen hören, du bist ihr Mörder! Sie stirbt, weil sie dich geliebt hatte. Deine Hand stürzt sie in das Grab. Ach möchte eher alles zu Grunde gehen, was nicht du ist —

Ros. Es giebt nur einen einzigen Menschen, der wütend unsern Untergang sucht, und ich habe keinen Vertheidiger gefunden, der meine Sache so standhaft beschüzt, als jener mich verfolgt.

Jenney. Du bist nicht das einzige Schlachtopfer seiner Wuth. Er hat mich verflucht, enterbt; sey ruhig, ich habe alle Bande zerrissen, die mich an ihn hefteten — Ich hätte vielleicht sollen — Aber dieser Mann ist mein Oheim.

Ros. Sage vielmehr dein Henker. Er allein hat immer dein Leben mit bitterer Galle vergiftet. Sieh, wie weit seine gewaltsame Wuth geht; wie schrecklich, wie unerbittlich sie ist. Du liebst mich, dieß ist genug, ich werde der Gegenstand seines Hasses. Er verläumdet mich, er bringt eine blinde Macht wider mich auf, und ich werde aufgeopfert werden, denn die schwache Unschuld wird es immer; aber mein Herz wird noch mehr von deinen Wunden bluten, als von den meinigen. Was für eine Zukunft, lieber Jenneval, ist dir unter einem solchen Tyrannen vorbehalten!

Jennev. Mein Schiksal ist schrecklich, aber es wird nicht immer währen.

Ros. So lang er leben will, erwarte kein anderes.

Jennev. Ich werde die Hülfe der Gesätze anrufen, um nach meinem Gefallen über meine Freyheit und mein Vermögen zu gebieten. Ich rede nicht davon, dich zu vertheidigen, dich deinen niederträchtigen Verfolgern zu entreissen. Dergleichen Schwüre würden die Liebe und dich beleidigen. Ich werde frey seyn, sage ich dir, und troz allen denjenigen, die sich darwider auflehnen möchten.

Ros. Lieber Jenneval, wenn man seine Zuflucht zu den Gesätzen, diesen unempfindlichen Götzenbildern, nimmt, ist der Ausgang sehr zweifelhaft, und durch welche lange, schwierige, mühsame Irrgänge wirst du nicht durchwandern müssen? Man hat dir dein Vermögen geraubt; geschah es in der Absicht, dir es wieder zu geben? Man wird dir nicht so viel übrig lassen, daß du deine erste Foderungen vorbringen kannst. Wird wohl ein eitler Richterstuhl deinen schwachen Rechten einige Kraft geben?

Jennev. (nach einigem Stillschweigen.) Wozu hat mich dieser harte, unerbittliche Mann gebracht?

Unerach-

Unerachtet seiner Strenge würde ich ihn haben lieben können, und ich empfinde nur zu viel, wie sehr sich jeden Augenblick mein Haß mehr wider ihn entzündet. Der Himmel bewahre mich dafür, durch meine Wünsche seinen Tod zu beschleunigen; aber wenn der Tod sich über sein Haupt herunterliesse — er war ungerecht, er war hart und grausam, in mir schlägt ein aufrichtiges Herz, ich kann mich nicht verstellen; wenn er stürbe, nein, keine meiner Thränen würde auf sein Grab fliesen. (gerührt) Indessen habe ich ehemals Augenblicke gesehen, wo ich all mein Blut für ihn hingegeben haben würde!

Ros. Wenn er nicht mehr wäre, sprich Jenneval! welch glükliche Veränderung!

Sechster Auftritt.

Rosalie, Jenneval, Brigard.

Brig. (im Grunde der Schaubühne, bey Seite.) Frisch! es ist Zeit, ich muß meine Rolle spielen; (laut) Unterthäniger Diener, Herr Jenneval! Immer zu Ihren Diensten, verstehen Sie. Befehlen Sie über mich; Sie wissen es; ich bin Ihnen ganz ergeben.

Jennev. (mit Erhebung der Stimme) Ach! hier ist derjenige, dem ich mehr zu verdanken habe, als ich ausdrücken kann. Ohne ihn, ohne seinen Rath, ohne seine großmüthige Sorgfalt, liebe Rosalie, würde ich nicht in diesem Augenblicke das Glück geniesen, dich wieder zu sehen — Wen hätte ich fragen, wo hätte ich dich finden sollen? —

Ros. Er hat noch mehr gethan, er hat mir diesen geheimen und verborgenen Schutzort angewiesen. Er hat der feurigen Wuth unserer Feinde diesen Wall entgegen gesetzet. Ohne ihn würde ich in dem tiefesten Kerker seufzen, in der äussersten Verzweiflung, sterbend — du hast ihm alles zu danken.

Brig. (sieht hinter sich.) Ach, die Gefahr ist noch nicht vorbey.

Jenney. (bestürzt.) Wie?

Brig. Ach, mein Herr, man gehet recht unverantwortlich mit Ihnen um, ich bin hieher gelaufen, Sie zu warnen. Alles drohet uns; dieser alte Oheim, der uns die Rosalie auf ewig rauben will, hat neue Befehle erhalten. Auf allen Seiten sind Spionen ausgestellt, und ich zittere vor dem morgenden Tage.

Jenney. (nimmt die Rosalie bey dem Arme und legt die Hand auf seinen Degen.) Ach, der erste der sich unterstehen wird, wider Sie — so viel ihrer auch seyn mögen, soll dieser Stahl — oder zum wenigsten werde ich, deine Knie umarmend, sterben!

Ros. Ich zweifle nicht an deinem Muthe; aber sieh, wie wenig wir damit ausrichten würden. Unser Unglück könnte noch weitere Folgen haben. Ist dieß der einzige Entschluß, den dir die Liebe eingiebt, um eine Unglükliche zu retten, welche du dem grausamsten Schimpfe ausgesezt hast? du allein kennest meine Unschuld, aber andere Leute werden verführt oder hintergangen werden, und mir mit der schändlichsten Verachtung begegnen. Die Schande und der Tod werden der Lohn meiner Treue seyn.

Jennev. Welch schrecklicher Gedanke! wie er meine Seele verwirrt! Ich sehe deine Thränen fliesen —— Ach! du verschonest mich noch, du sagst mir nichts von dieser dringenden Dürftigkeit, die dich umgiebt. Der Wütrich, der sich meinen Oheim nennt, hat mir die Hofnung entzogen, dir die Helfte meines Vermögens anzubieten. Himmel! gieb mir ein, was ich wagen soll ——

Ros. (sezt sich und bedekt sich die Augen mit einem Schnupftuche) Ach, denke für mich, denn die Unruhe, die mich erschüttert, raubt mir die Fähigkeit zu denken.

(Jenneval geht mit grossen Schritten auf und ab.)

Brig. (vornen auf der Bühne, und gleichsam vor sich allein.) Verdammter Alter! wenn du uns die Gnade erzeigen könntest, plözlich zu sterben, würden wir dir alle das Uebrige vergeben —— Das Blut wallt mir in meinen Adern. Er genießt Ihre Güter und zugleich trozt und beleidigt er Sie. Diese Ungerechtigkeit ist unerhört —— Die Nacht hat angefangen —— Wenn er mir heute Abend begegnete, ich glaube, der Zorn würde mich verleiten —— (hier sieht ihn Jenneval an) (mit gelinderer Stimme.) Sie wissen nicht alles, mein Herr; dieser ungestümme Alte, der nur nach Ihrem Untergange trachtet, läßt in dieser jetzigen Stunde einen Vertrag wegen Leibrenten aufsetzen, worein er alle sein Vermögen stekt, um Ihnen eine Erbschaft zu rauben, die Ihnen so rechtmäßig zugehört —

Jennev. Grausamer Oheim! Sie sollten Ihre Rache soweit treiben — Ich hätte es niemals geglaubt.

Brig. Ach! es ist nur zu wahr. Mein Eifer, Ihnen zu dienen, hat gemacht, daß ich auch dasjenige, was beynahe unmöglich war, entdekt habe. Er speiset heute Nacht in der Bruchstrasse bey dem Manne zu Nacht, der den Auftrag hat, dieses Geschäft heimlich auszuführen. Wenn Sie noch daran zweifeln, so folgen Sie mir heute Nacht gegen eilf Uhr an den Abweg bey dem Brunnen nach. —

Jennev. (mit Stolze.) Nun, er behalte sein Vermögen, diese schlechten Güter, welche ich verachte, und denen er mich so sehr ergeben glaubt, wenn du mir nur bleibest, liebe Rosalie. Ich wünschte mir sie nur für dich. Aber du wirst, wie ich, diese Reichthümer verachten; nimm meinen Muth an. Das widrige Schiksal hat mich stark gemacht, ahme mich nach. Wir wollen, wenn es nöthig ist, in eine Wüste ziehen, daselbst bey dem Genusse unserer selbst leben. Ich fühle eine heimliche Freude darüber, daß ich nichts mehr von ihm zu hoffen habe. Seine Güter werden mir so verhaßt, als seine Person. Meine Freunde! man nenne seinen Namen nicht mehr vor mir. Und wenn er demüthig bittend vor mir erschiene, sein Unrecht wieder gut zu machen, würde ich ihm doch nicht vergeben. Er hat mich zu sehr gequält, da er deine Thränen fliesen machte. Vergieb, würdige mich noch, mich zu lieben, mich wieder zu sehen. Ich will sogar den Namen dieses unmenschlichen Oheims vergessen. Und, was kann er wohl zu meinem Glücke beytragen?

Ros. (hebt ihr Schnupftuch in die Höhe und spricht mit kaltsinnigem Tone.) Er kann sterben —— (nach diesem bedekt sie sich das Gesicht, gleichsam einem stummen Schmerze überlassen.)

Brig. Morgen, mein Herr, morgen —— ich zittere zum voraus davor —— aber ich sehe es, morgen werden Sie alle beide aufgeopfert seyn. Die Macht, die schreckliche Macht ist in seinen Händen. Wie soll man ihr vorbeugen —— Da wären verzweifelte Streiche nöthig. Ach könnte ich durch eine herzhafte That ——

Ros. Nein, nein, er lasse mich zu Grunde gehen, indem er in alles willigt, mich verläßt ——

Jennev. Was wagst du zu sagen?

Ros. Daß deine Seele nicht stark, nicht entschlossen genug ist, und daß dein wankendes Zaudern das Unglück dir nachzieht.

Jennev. Nun, zu was soll ich mich entschliesen? Wage du einen Entschluß. Was soll ich in diesen äussersten Umständen für einen Weg ergreifen? ——

Ros. (steht auf.) Dich ganz mir überlassen, schwören, daß du das Mittel nicht verwerfen willst, welches ich dir izt vorschlagen werde; es ist das einzige, so uns übrig bleibt ——

Jennev. (mit heftigem Eifer.) Ich schwöre dir es bey allem, was heilig ist —— Meine Seele leidet in der deinigen, ich will deinen Schmerz nicht mehr sehen —— Sprich —— Der Anblick der Menschen ist nichts mehr für mich. Ich lebe nur noch, dir zu dienen ——

(Rosalie wandte sich während dieser Rede weg, und gab dem Brigard ein Zeichen des Mordes, ein schreckliches Zeichen zu tödten. Brigard antwortete diesem grausamen Zeichen und gieng ab. Alles dieses mußte in einem Augenblicke vorgehen.)

Siebender Auftritt.

Rosalie, Jenneval.

Ros. (nähert sich und nimmt den Jenneval bey der Hand.) Jenneval, liebst du mich?

Jennev. Welche Sprache, o Himmel!

Ros. (lächelt mit einer grausamen Freude.) Nun, diese jetzige Nacht wird ihren Lauf nicht vollenden, ohne das Ziel unserer Widerwärtigkeit mit sich zu führen. Das Glück, du weißt es, hängt öfters nur von einem muthigen Augenblicke ab —

Jennev. Wie, wäre es möglich! —— Was sehe ich? Alle deine Züge sind verändert. Welche ausserordentliche Freude glänzet auf deinem Gesichte! —— Solltest du vermuthen können ——

Ros. Sey ruhig; ich habe alles gesehen.

Jennev. Du hoffest? ——

Ros. (mit dem zärtlichsten Tone.) Alle unsere Unglüksfälle werden sich bald endigen; komm, meine Thränen abzutroknen. Komm, meinem Herzen die Ruhe wieder zu geben. Komm, mir zu sagen, daß du mich liebest, damit ich den Gedanken, mich zu tödten, völlig verliere. Jenneval, wiederhole mir, daß mein Wille dein Schiksal leiten soll.

Jennev. (mit Ungedult.) Rosalie, kennst du deinen Geliebten nicht mehr?

Rof. (drükt ihn an ihre Brust.) Du bist es, mein lieber Jenneval; genug —— Du wirst in diesem Augenblicke die wertheste Helfte meiner selbst —— Sey ruhig, meine Zärtlichkeit wird forthin ohne Schranken seyn. Höre dieses Herz an, welches dir so gut bekannt ist, welches sich dir ohne Ausnahme überläßt. Mehr Feuer entzünden in dieser Stunde deine Geliebte, als du nie für sie fühltest. Sie würde dich den reichsten Sterblichen vorziehen. Sie würde dich auf der ganzen Welt wählen, um nur dir zu folgen, dich zu sehen, dich anzubeten; kurz, sie wird dir izt die gröste Probe ihrer Liebe geben, indem sie alles zu unternehmen wagt, damit uns nichts trenne.

Jennev. (bewegt) Gieb Acht, liebe Rosalie, ich habe nicht Stärke genug, so lebhafte Kennzeichen deiner Liebe zu ertragen —— Mässige eine zu übereilte Freude —— Vielleicht hintergehst du dich —— Ich bete dich an, ich bin der glüklichste Mensch —— aber —— erkläre mir doch endlich —— ich muß wissen —— .

Rof. Undankbarer! ich hätte gewollt, daß du es errathen hättest. Höre, verbannet der Haß niemand aus deiner Seele? Fühlst du jene brennende Wuth, welche die meinige verzehret? Lebt deine Rosalie nicht mehr in dir? Flößt sie dir ihr Vorhaben nicht ein? —— Es ist schrecklich, aber wenn sie dir werth ist, sollst du wissen, oder vielmehr fühlen, was ein beleidigtes Frauenzimmer fodert ——

Jennev. Halt ein. Empfindest du nicht selbst, wie viel du mich leiden machst —— Ich zittere —— **Nun, was willst du?**

Ros. Dein Glück und das meinige. Izt ist der Augenblick, da du mir beweisen sollst, daß du mich liebest. Die Wuth dieser verstählten Seele, dieses verhaßten Wütrichs, der sich deinen Oheim nennt, hat izt meine ganze Rache entzündet. Er verfolgt uns — Wenn ich ihn nicht einhalte, sind wir verlohren — Seinen Tod begehre ich von dir.

Jennev. Seinen Tod!

Ros. Fürchte dich, wenn du das mindeste Bedenken trägst.

Jennev. Den Bruder meines Vaters! Gott!

Ros. Ihn! diesen wilden Tyrannen!

Jennev. Mein ganzes Wesen zittert; Grausame! was wagst du auszusprechen? Fodre mein Leben, dieß ist das einzige, was mir übrig bleibt, dir aufzuopfern. (er ändert plözlich den Ton.) Ach! das Unglück leitet dich auf Irrwege und läßt dich vergessen — Nein, du bist es nicht, die redet — Sage mir, welch schwarzer, böser Geist verwirret deine Seele?

Ros. Schwacher und feiger Mensch, der du nichts für dein eigen Glück zu wagen weißt, morgen wirst du dem muthigen und verwegenen Streiche danken, der uns befreyet haben wird. Morgen werden wir nichts mehr zu befürchten haben; du wirst frey, reich und Herr über deine Rosalie seyn.

Jennev. Welch abscheulicher Trieb beherrscht dich? Ich nehme hier den Himmel zum Zeugen — Ich selbst würde keinen Thron mit dem Blute dieses Greisen erkaufen.

Ros. Was hast du so sehr zu befürchten? Wirst

du ihm wohl das Leben nehmen? Kaum sind es einige schwächliche und kraftlose Tage! Ihr Licht nimmt ab, lösche es vollends aus. Sollte wohl der eitle Titel eines Oheims deinen Arm zurükhalten? Glaube mir, die eingebildeten Bande des Geblüts sind zu verdächtig, um uns zu gebieten. Die, welche uns lieben und uns Gutes thun, diese sind unsere Verwandten; aber wer sich zu unserm Verfolger aufwirft, wer uns haßt, ein solcher, er mag auch seyn wer er will, ist nichts anders mehr, als ein Todfeind, den uns die Natur selbst zernichten heißt.

Jenney. Und was für ein Recht habe ich über seine Tage? — Der niederträchtige Meuchelmörder schlägt im Dunkeln, aber seit wenn sucht er seine schändliche und in Finsternißen kriechende Wuth am hellen Tage zu rechtfertigen? — Rosalie! wie ist deine Seele blutgierig geworden? — Ach! nimm sie wieder an, nimm sie doch wieder an, jene sanfte Fühlbarkeit, die deinem Geschlechte Ehre machet, und dir alle deine Reitze gewährte. Ehemals hast du mir Tugenden gezeigt, verläugne sie nicht. Kehre wieder zurück, kehre wieder in dich selbst zurück, und bald wirst du eine Sprache wiederrufen, die deinem Herzen und dem meinigen so sehr zuwider ist.

Ros. Nun, verschone ihn, damit er mich tödte; warte, bis dieses Ungeheuer, welches du erhältst, mich diesem Orte entrissen habe, um mich lebendig im Kerker zu begraben. Verabscheue deine Geliebte, und liebe ihren wilden

Tyrannen —— Wenn du den Muth nicht hast, seinen Streichen vorzubeugen, komm mir mit deinem Degen zu Hülfe —— Du wirst minder grausam seyn.

(Sie fällt auf Jennevals Degen los.)

Jennev. (stößt sie zurück.) Elende! o Himmel!

Ros. (in der Stellung der größten Verzweiflung.) Der Tod ist nur ein Augenblick. Dürftigkeit und Schande sind ewig. Gewähre mir seinen Tod, oder zittere —— Ich durchbohre mich vor deinen Augen.

Jennev. Du willst sterben? Stirb zum wenigsten unschuldig —— In welche Ausschweifungen stürzt dich eine Verzweiflung, die mein Schmerz theilet! Rosalie! ist dieß, was du mich hattest hoffen lassen? Wie; du kennst die Liebe und du kannst grausam seyn?

Ros. Wer von uns beyden ist es mehr? —— Du wirst meinen Tod beweinen, weil du sein Leben auf Kosten des meinigen liebest.

Jennev. Du tödtest mich durch wiederhohlte Schläge —— Es scheint, deine Wuth führe in mein Herz. Laß mich doch mich erhohlen — Ich kenne mich nicht mehr —— Die Verwirrung meiner Seele —— Ich weiß nicht, was ich in diesem Augenblicke wagen würde, dich aus dem schrecklichen Zustande zu retten, in welchem ich dich sehe.

Ros. (mit demüthig bittendem Tone.) Gieb mir den Athem wieder, den eine grausame Wuth in mir ersticken will und mein ganzes Leben will ich auf ewig deinen Gesätzen unterwerfen. Eile, lieber Jenneval, die Nacht und der Tod werden alle Gegenstände mit dunkelm Schleyer überziehen. Die Finsternisse sind unempfindliche Zeugen. Sie werden diese Begebenheit in einen ewigen Schatten verhülken: Nichts wird von der Nacht der Gräber verrathen und ihre Geheimnisse vergehen mit dem Staube, den sie umschliesen. Keine Spuren, keine Merkmale. Der Verdacht wird nicht einmal bis zu dir sich erheben — Glaube es deiner Geliebten, sie hat alles angeordnet und alles ist vorausgesehen.

Jenney. Und wenn ich allen Blicken, so gar dem Auge des ewigen Rächers der Verbrechen entfliehen könnte, würde ich es immer selbst wissen! Die Stimme dieses Gewissens, welches nichts erstikt, würde mir meine Missethat vorwerfen; was ist mir an dem Urtheile der Welt gelegen, wenn diese schreckliche Stimme, die mich anklagt, auf ewig in meinem Herze donnert — Grausame! Erkennest du meine Zärtlichkeit auf solche Art, willst du dadurch, daß du mich strafbar und unglüklich machst, die Macht deiner Reitze sehen lassen. Wie! Das Meisterstück der Natur wollte der Abscheu derselben werden? — Meine Seele ist erschöpft — Wie sehr habe ich nöthig, mich wider deine gefährlichen Reitze zu vertheidigen! — Aber, was sage ich? — Wenn ich den tödtlichen Streich wagen wollte, würde mir der Dolch aus den Händen fallen: dieser Greis! — Er trägt auf seiner Stirne die werthen Züge eines Vaters — Er hat mich seit der Wiege geliebkoset, er hat meine Kindheit erzogen; er war mein Wohlthäter; und unerachtet seiner Strenge fühle ich, ja ich fühle es zu sehr, daß er mich liebt — Ach! sein Schatten, wenn er zu den ewigen Wohnungen aufstiege, sein blutiger Schatten würde mich vor einem Vater verklagen; er würde zu ihm sagen: Sieh hier diese offene Wunde, diese zerstochene Seite — Dieß ist die Hand deines Sohnes! — Alsdann würde der Blitz auf mein Haupt fahren, oder, wenn die Erde noch einen Vatermörder trüge, würde ich allein mit meinem Verbrechen es nicht mehr wagen, die Sonne anzusehen; ein blutendes Bild würde mich bis in deine Arme verfolgen — Höre, fühlst du nicht schon Vorwürfe des Gewissens? immer nagender würden sie unsere Tage anstecken. Keine Liebe mehr für unsere Herzen. Die Zwietracht, diese Folge der Missethaten, würde sich zwischen uns setzen und uns bald eines wider das andere bewaffnen. Den Henkern entflohen, würden wir uns selbst nicht entfliehen — Ach! —

Ros. (mit einem schrecklichen Tone.) Ich verwerfe dein unwürdiges Mitleiden, deine Bitten, deine Wünsche, deine Gewissensvorwürfe; erfahre, daß sie vergebens sind. Ich hatte deine Schwachheit vorhergesehen, ich habe dein Schiksal auf mich genommen. Du hattest es meinen Händen anvertrauet. Nichts ist mehr in deiner Macht, als meinen Tod zu gebieten — Das Urtheil ist gefällt — Du mußt wider deinen Willen in mein Vorhaben gezogen werden — In diesem Augenblicke, da ich mit dir rede, ist es geschehen, Ducrone, unser Tyrann stirbt

Jennev. (läuft voll Verzweiflung hin und her.) Ach Treulose! ich hatte dich schlecht gekannt. (weinend) Bonnemer, lieber Bonnemer, du hattest es mir vorhergesagt —— Wo bist du? Komm, eile mir zu Hülfe.

Ros. (kaltsinnig.) Höre auf mit deinem unnützen Geschrey und wähle izt, entweder mein Ankläger oder mein Mitschuldiger zu werden. Schleppe ein Mädchen auf die Blutbühne, die dich liebt, die alles für dich gewagt hat, oder laß einen widrigen Alten sinken, dessen unermeßliche Erbschaft du einerndten wirst, und der das unerforschliche Geheimniß seines Todes mit sich in die Grube nehmen wird. Er hat kein Recht, mich zu rühren, er! —— Ich fodere nicht, daß du einen Dolch ergreifen, daß du deine schwachen Hände mit Blute färben sollst —— Schliesse die Augen zu; laß den Brigard machen; er dient uns mit Eifer. Uebrigens hoffe nicht, ihn zu erweichen. Er weiß, daß man dir wider deinen Willen dienen muß und daß du morgen die Hand küssen wirst, die uns befreyt haben wird.

Jennev. (schnell.) Der Grausame betrügt sich —— Ich eile ihn zu vertheidigen, diesen unglüklichen Greis, und ihn zu retten. Ich liebe ihn, seitdem sein Leben in Gefahr ist, und dich, ich glaube, ich fange an dich zu hassen, ich glaube —— (er geht, als wollte er abtretten,) Laß mich, ich entsage der Liebe, ich verabscheue das Leben ——

Ros. (hält ihn auf.) Halt ein, Lieber Jenneval ——

Jennev. (wütend.) Nun, was willst du von mir, unversöhnliche Furie? —— Zittere!

Ros. Gott! welcher Name! welcher Blick! (sie fällt ihm zu Füsse.) Opfere sie auf, deine Rosalie, aber beleidige sie nicht. Sie fürchtet deine Verachtung mehr, als den Tod. Sie ist bereit, ihr Leben zu deinen Füssen aufzuopfern. Kläge das Verhängniß an, verfluche unser Schiksal. Ich verabscheue, so wie du, eine Mordthat, aber ein schreckliches Unglück zerschmettert uns und ich will dich erretten. Wie soll ich dem Leben, der Freyheit, der Liebe entsagen? Ich bete dich an. Es sey Laster oder Tugend, die Liebe besiegt alles und erkennt keine andern Gesätze — In einem solchen Zustande ist es wohl unsere Pflicht, nachzudenken? — Lieber und schwacher Jenneval, stärke deine Seele; es ist keine Zeit mehr, zurück zu weichen — Räume die Schattenwerke aus dem Wege, die deine leichtglaubige Einbildungskraft plagen. Eile dahin, wohin dich deine Geliebte leitet — Solltest du bey dem einzigen Preise unempfindlich seyn, den sie deinem Gehorsam vorbehält — In die Arme gedrükt, die sich eröfnen werden, dich zu empfangen und deinen Muth zu belohnen; ganz uns selbst eigen — frey, glüklich, gerächet. —

Jennev. Steh auf, Grausame, ich will dich nicht mehr anhören — Meine Haare stehen mir zu Berge vor Schauer. Wie schrecklich ist dein Gemüth! wie treulos ist deine Zärtlichkeit! durch welche Umwege hast du mich in den Abgrund geführet — Leidige Schönheit! Du siehst den Wahnwitz meiner Sinne; du weißt, daß du gebieterisch über dieses gekränkte Herz herrschest, und du nöthigest es zu einer Mordthat — Dein Geschrey, deine Seufzer, deine Thränen drücken mich. Sie haben meine Seele erschüttert und die Tugend aus ihr verjagt — Siege! das Blutgerüst erwartet uns alle beide — Gerechter Himmel, was hast du über mich verhängt? — Ach! welcher Kampf! welche Marter! — — ich wanke — ich bebe — Wo soll ich hinaus? — (er lehnt sich an die Mauer.) Ich sterbe — (er erhohlt sich.) Laß mich gehen — Grausame! Foderst du nicht seinen Tod?

Ros. Ja.

Jennev. (ausser sich.) Nun denn, ich will es vergiesen —

Ros. Du willst sein Blut vergiesen!

(Hier ist die stumme Sprache des Jennevals in ihrer höchsten Stufe des Nachdruks; Rosalie hält ihn, nöthigt ihn, will ihn nicht gehen lassen; er reißt sich aus ihren Armen.)

Jennev. Ja, ich will es vergiesen — Laß mich — Laß mich, sage ich dir. (er geht ab.)

Achter Auftritt.

Ros. (allein, sie geht mit grossen Schritten auf und ab.) Endlich habe ich seine Einwilligung erhalten — Wie vielmal hat er mich zittern gemacht! aber, es ist geschehen — Dieß schreckliche Geheimniß ist ein Band, das ihn an mein Schiksal knüpfet — Er wird zurükkommen; ich vermuthe sein klägliches Geschrey, seine reuvollen Vorwürfe — Sie werden sich bald in den Flammen der Wollust verlieren; sie ist die mächtig-

Göttin, die alles schweigen heißt, was ihrer Stimme widerspricht; sie wird ganz über den stürmischen Jenneval herrschen und als eine unumschränkte Gebieterin werde ich durch sie siegen.

Ende des vierten Aufzugs.

Fünfter Aufzug.

(Der Schauplatz ist in dem Hause des Herrn Dabelle; es ist Nacht.)

Erster Auftritt.

Lucile, Bonnemer.

Luc. (folgt dem Bonnemer nach, der unruhig scheint.) Herr Bonnemer, nein, Sie scheinen selbst nicht ruhig genug zu seyn, um mich zu beruhigen. Ich lese auf Ihrer Stirne, daß Ihr Herz heimlich heftigen Unruhen ausgesezt ist. Ich bebe vor tödtlichem Schrecken. Warum haben Sie unaufhörlich den Namen meines Vaters und des Herrn Ducrone seinen wiederholt?

Bonnem. Sie sind miteinander ausgegangen, mein Fräulein!

Luc. Ja, und sie sollten schon wieder nach Hause gekommen seyn.

Bonnem. Sie sind ohne Bedienten ausgegangen?

Luc.

Luc. Ey freylich, ja.

Bonnem. Und Sie könnten mir nicht ungefehr sagen, in welche Gegend der Stadt sie gegangen sind?

Luc. Nein, mein Herr. (Sie sieht auf ihre Uhr.) Himmel, halb zwölf Uhr! (Sie giebt alle Kennzeichen der lebhaftesten Unruhe.)

Bonnem. (mit leiser Stimme.) Wo soll ich hingehen? Wie soll ich ihn antreffen? —— Ich kann eine leidige Ahndung nicht ersticken ——

Luc. (halb weinend.) Mein Herr, um der Freundschaft willen, die Sie immer für mich gehabt haben, zerstreuen Sie die schreckliche Verwirrung, in die ich vertiefet bin —— Sie verrathen sich wider Ihren Willen. Ich verlasse Sie nicht. Ich würde alles in der Welt darum geben, wenn ich nur diesen Augenblick meinen Vater und den Herrn Ducrone erblicken könnte. Wie wollte ich in Ihre Arme eilen! Alles, was ich izt im Kopfe habe, würde alsdann nur ein übler Traum seyn, den man bald vergißt.

Bonnem. Wie? sollten Sie unruhig seyn? —— Was stellen Sie sich denn vor, mein Fräulein?

Luc. Aber Sie selbst, Sie verstellen sich vergebens. Man hat alles angewandt, den Oheim und den Vetter miteinander auszusöhnen der eine ist zu streng, der andere zu hitzig —— Sagen Sie mir, was hat Jenneval seither gethan?

Bonnem. Fragen Sie mich nicht hierüber, ach! —— (er will weggehen.)

Luc. (hält ihn auf, mit Eifer.) Bonnemer, sagen Sie mir es; sagen Sie mir es; verlassen Sie mich nicht, ich bitte Sie um des Himmels willen; Sie sehen es nicht ein, daß Sie mich hundertmal mehr quälen, als wenn Sie mir die traurigsten Nachrichten ankündigten. Fahren Sie fort —

Bonnem. Fräulein — Ich zittere, es Ihnen zu sagen. Ich habe ihn angetroffen, diesen elenden Jenneval, aber in der äussersten Ausschweifung. Ich habe ihn einhalten und hieher zurück führen wollen; er war rasend, kannte mich nicht mehr und entriß sich meinen Armen. Der Name seines Oheims entfuhr seinem Munde. Er hat mich zu verschiedenen malen mit einem düstern und schrecklichen Tone gefragt, wo man ihn diesen Augenblick antreffen könnte. Es ist mir nicht gelungen, die ausserordentliche Betäubung seiner Sinne zu stillen. Ich hielt sie für eine übriggebliebene Regung des lebhaften Streites, den er mit seinem Oheim gehabt hatte; als mich bey dem Hereingehen in dieses Haus ein Gefreyter von der Wache ein grausames Vorhaben befürchten ließ. Er fragte mich, ob der Herr Ducrone zurück gekommen wäre, er hat mir sehr nachdrüklich anbefohlen, daß man ihn warnen möchte, sich wohl in Acht zu nehmen, und sich Abends nicht ausser dem Hause zu wagen. Er erkundigte sich nach den Häusern, die er besuchte und gieng schleunig wieder weg.

Luc. (schreyend) Himmel sollte es möglich seyn! — Laufen Sie, eilen Sie, verlassen Sie mich.

Bonnem. Ach! erhohlen Sie sich, Sie verändern die Farbe; ich kann Sie nicht in diesem Zustande verlassen. Ich will rufen — Aber ich höre jemand.

(Herr Dabelle kömmt herein, da Bonnemer die Lucile in seinen Armen hält.)

Zweyter Auftritt.

Herr Dabelle, Lucile, Bonnemer.

Hr Dab. Was ist denn? meine Tochter beynahe ohnmächtig.

Luc. (mit erstickter Stimme.) Ach! mein Vater! — Wie, allein? —

Bonnem. Mein lieber Herr Dabelle, Sie kommen allein zurück —

Hr Dab. (hält seine Tochter.) Mein Freund, mein lieber Freund — Was fehlt denn der Lucile? Was ist geschehen?

Bonnem. Und der Herr Ducrone wo ist er?

Hr Dab. (führet seine Tochter auf einen Lehnstuhl.) Er ist noch nicht zurück gekommen! — Was soll dieß bedeuten? — Liebes Kind! — Bonnemer — Woher kömmt euer beider Schrecken? Sagt mir denn —

Bonnem. Ach! mein Herr!

Hr Dab. Ihr beunruhiget mich äusserst —

Bonnem. Wo haben Sie ihn zurück gelassen? — Sind Sie immer beysammen geblieben?

Hr Dab. Nein, seit vier Stunden sind wir von einander geschieden. Da er mich verließ, sagte er zu mir: ich werde bald wieder zu Ihnen kommen. (Er geht zu seiner Tochter.) Nun, meine Tochter, du weinest —

Bonnem. Ach, mein Herr, wir sehen uns wieder — Warum haben Sie den Ducrone verlassen — Sein Leben ist in Gefahr — Gerechter Himmel! Sollte ihn der Elende ermordet haben!

Hr Dab. Sie bringen mich vor Schrecken ausser mich — Wie? Ermordet! Was wollen Sie sagen?

Bonnem. Man glaubt, daß Jenneval seinem Oheim nach dem Leben trachten will — Dieses strafbare und treulose Weibsbild, das ihn verderbt hat — Man hat das schrecklichste Vorhaben im Verdachte — Ach! sein verwirrtes Aug vermied meine Blicke.

Luc. (erhohlet sich.) Jenneval ist nicht grausam. Mein Herz behauptet mir das Gegentheil. Es dünkt mich, ich höre ihn noch, wie er von der schäzbaren Empfindung der Menschenliebe spricht; aber er ist schwach, er hat sich Bösewichtern überlassen, die ohne ihn können — Es ist schon zuviel, daß er sie nicht zu verabscheuen, zu fliehen wußte — Ach wenn die Liebe so viele Macht über seinen Willen hat, welch ein Unglück für ihn, daß er nicht zu den höchsten Tugenden gereizt worden ist?

Hr Dab. Meine Tochter, beruhige dich — So wenig du dir den Jenneval als einen Meuchelmörder vorstellen kannst, so wenig kann ich mich zu diesem widrigen Gedanken zwingen — Indessen bin ich ausser mir — (er ruft einem Bedienten.) - Man lasse gleich Pferde an die beiden Kutschen spannen — Ich vermuthe zwey oder drey Orte — Man hat mich auch so spät angehalten — Es kam mir vor, als hätte mich etwas hieher zurück gerufen. (zum Bonnemet.) Mein Freund, Sie werden sich auf die eine

Seite wenden, ich auf die andere. Wir werden ihn gewiß antreffen —— Meine Tochter, befindest du dich besser —— Einen Augenblick Gedult. (er geht ab.)

Dritter Auftritt.

Lucile, Bonnemer.

(Während diesem Auftritte geht Lucile in dem Grunde der Schaubühne hin und her.)

Bonnem. (vorne allein.) Himmel! wache für ihn! Mache, daß ich ihn wieder sehe —— Erlaube nicht, daß eine Missethat zu Stande komme; errette zu gleicher Zeit zwo redliche Seelen, die dazu geschaffen sind, einander zu lieben.

Luc. Ich höre verschiedene Stimmen untereinander —— Man kömmt —— Erlauben Sie— (Sie geht hinaus und kömmt wieder herein und ruft überlaut) Ach, mein lieber Herr Bonnemer, es ist der liebe Herr Ducrone mit dem Herrn Jenneval!

Bonnem. (aus Grund der Seele rufend.) Der Himmel sey gelobt! sey tausendmal gepriesen!

Vierter Auftritt.

Herr Dabelle, Herr Ducrone, Lucile, Jenneval, Bonnemer.

(Ducrone und Jenneval halten einander bey der Hand; Jenneval hat den blosen Degen unter dem Arme. Sie sind beyde ohne Hut.)

Bonnem. (zu der Lucile.) Er ist es, er ist es; ich muß sie beide umarmen. (Er umarmt den Ducrone und den Jenneval.)

Jennev. (grüßt die Lucile, alsdann nimmt er seinen Oheim wieder bey der Hand.) Ach, mein lieber Oheim!

Hr Dab. Welcher Gefahr sind Sie entflohen?

Hr Ducr. Der allergrößten. (er zeigt auf den Jenneval) Hier ist mein Erretter — Ich bin noch ganz ausser mir — Nun, wo ist denn mein Stock hingekommen? — Wir sind alle beide ohne Hut — Grausamer Tag! Heute habe ich bey einem Manne, der meine Geschäften besorgt, zu Nacht gespeiset und bin sehr spät noch bey ihm geblieben, und zwar um diesen Jenneval zu enterben, der mir diesen Augenblick das Leben errettet hat — hören Sie nur recht aufmerksam zu; an dem Ende einer Gasse, gegen der Ecke eines Brunnens, ist ein frecher Kerl mit dem blossen Degen in der Hand auf mich losgekommen. Ich habe seinen Stahl erblikt, der in dem Dunkeln glänzte. Bestürzt, zog ich meinen Degen, aber die Klinge und die Scheide kamen miteinander — Ich war verlohren — Nun eilte plözlich ein Unbekannter herbey, mich zu vertheidigen; der Streit fieng an und er stieß den Mörder vor meinen Füssen zu Boden — Ich sah, ich erkannte meinen Vetter. Er war mir heimlich nachgegangen. Er nahm mich, er leitete mich bey der Hand — Er ist es, meine Herren, der sein Leben gewagt hat, das meinige zu erhalten.

Bonnem. Großmüthiger Vertheidiger!

Hr Dab. Redlicher und tapferer Jüngling!

Jennev. (bedekt sich die Stirne mit beiden Händen.) Halten Sie ein — halten Sie dieses Freudengeschrey zurück — Zittern Sie alle davor —

mich anzuhören — Ich verwerfe Ihre Lobsprüche, ich verdiene sie nicht. Zittern Sie, sage ich Ihnen, vor Entsetzen und Mitleiden, wissen Sie, daß eine Thräne mehr mich zum Vatermörder gemacht hätte — Ach, mein Oheim! Diese Hand, welche die Ihrige zärtlich drükt, diese nemliche Hand, welche Ihr Leben gerettet hat, war bereit, sich in Ihr Blut zu tauchen — Sie werden bestürzt — Ach Gott! Sie haben dieses Weib nicht gesehen, weinend, vor meinen Füssen auf den Knieen liegend, Sie haben Ihre klägliche Töne nicht gehöret. Sie sehen nicht ein, mit welchen Pfeilen Sie mein Herz durchbohret hat — Durch ihr Geschrey erhizt, durch ihre Thränen gereizt, voll des Giftes, mit welchem sie mich berauschet hatte, gieng ich —

Hr Ducr. Mein Vetter, vergrössere dir nicht selbst deine eigene Schwachheit.

Jenney. Nein, ich muß alles offenbaren — Meine Seele, die ganz ausser sich war, fand sich im Begriffe, die Lasterthat zu wagen. Ich betete die Rosalie an, Sie hatten sie verfolgt. Unvorsichtiger und grausamer Mann, Sie kannten also jene schreckliche Macht, jenes rasende Feuer der Leidenschaften, jenen Wahnsinn eines Herzens nicht, welches zur Verzweiflung gebracht worden ist, und Sie wußten nicht, was es auf die Stimme eines Weibes zu unternehmen vermag — Ach! erinnern Sie sich an meinen Vater, niemals war er unerbittlich, er würde den Thränen seines Sohnes nachgegeben, er würde ihn in seiner leidigen Leidenschaft beklagt, Mitleiden gefühlt und sein

Uebel gelindert haben. Vergeben Sie mir diese Vorwürfe, ich habe gekämpft, ich habe gesiegt, ich bin zärtlicher, menschenfreundlicher, empfindlicher gewesen, als Sie; aber zum wenigsten fühlen Sie eine heilsame Reue: Zittern Sie, wenn Sie ein schreckliches Geständniß anhören — Erfahren Sie, daß ich einen Augenblick gesehen habe, in welchem ich an Ihnen nur noch einen unbeweglichen Feind erblikte und im Begriffe war, Sie zu ermorden! — Der Himmel —

Hr Ducr. Mein lieber Vetter, wir haben uns einander noch nicht umarmet. (Sie werfen sich einander in die Arme.)

Jenney. O Freude! o seelige Augenblicke! Sind Sie es wohl, den ich an meine Brust drücke — Ach Gott, lassen Sie mich weinen — Noch tugendhaft, und voll Verwunderung, daß ich es bin, wage ich es in diesem nemlichen Augenblicke weder zu gestehen, noch zu glauben, daß ich unschuldig bin — Listiges und grausames Weib! — Ach! hättest du meine Seele nicht wider dich selbst empöret, hätte der Himmel mich nicht so plözlich erleuchtet und auf deiner Stirne das Gepräge des Lasters lesen lassen — (mit Nachdruck.) Dann, mein lieber Oheim, dann hätte ich von Ihrem Blute beflekt, mit schändlichen Verbrechen überhäuft, mir selbst ein Greuel, den Tod der Bösewichte, vielleicht mit ihrem verhärteten Herzen, sterben müssen. Ich habe die Lasterthat nicht begangen und ich empfinde alle Quaalen derselben. Was wäre es denn erst noch, wenn ich wirklich strafbar in einer demüthig bittenden Stellung:) Grosser Gott! der du mir deine siegreiche Macht verliehen hast, dir danke ich, meine Tugend ist dein Werk! Wenn deine Barmherzigkeit nicht erschöpft ist, so rühre das Herz der Rosalie, gewähre mir ihre Reue —— Deine Güte ist grösser, als ihr Verbrechen —— Mächtiger Gott, dieses neue Wunderwerk ist deiner Gnade eigen! (zum Bonnemer.) Halte mich, meine erschöpften Kräfte nehmen ab.

Bonnemer führt ihn auf einen Lehnstul. Jenneval fährt nach einem kurzen Stillschweigen sitzend also fort:)

Und Sie, mein Oheim, weil der Himmel die Streiche abgewandt hat, die Ihnen droheten, versenken Sie diese Begebenheit in eine ewige Vergessenheit, verfolgen Sie diese Elende und ihre unglüklichen Tage nicht. Wir wollen an diesem so lange Zeit gemarterten Herzen die Wohlthaten versuchen —— Ihr Mitleiden muß ausserordentlich groß seyn, wenn Sie wollen, daß es einem Augenblicke meines Kummers gleichen soll.

Hr. Ducr. Jenneval, höre, du hast mir das Leben gerettet, ich läugne es nicht, aber siehst du, ich wollte lieber hundert Klafter tief unter der Erde liegen, als die mindeste Unordnung, auch sogar nur Zulassungsweise, unterstützen. Ja, ich würde dir eher meinen Tod vergeben, als deine Ausschweifung. Läß die Meuchelmörder nach meinem Leben trachten, ich fürchte sie weniger, als das schmerzliche Verderben deiner Sitten, und ich sage dir es hier, als ein erkenntlicher und strenger Oheim, wenn du dich unterstündest, wieder mit deiner Rosalie umzugehen —

Jennev. (mit kaltsinnigem Tone.) Ausserordentlich heftiger Mann, verschonen Sie mein Ohr mit diesem Namen. Sie verstehen mich nicht. Ach — Da ich sie so heftig liebte, hielt ich sie für tugendhaft. Ich betete das Schattenbild an, welches meine Einbildungskraft geschmükt hatte. Ich bin aus meinem Irrthume gezogen worden — Auf ewig bin ich wider ihre strafbaren Reitze standhaft und sicher; wenn ich großmüthig gegen sie bin, so geschieht es, weil ich es ohne Gefahr seyn kann — Ahmen Sie mich nach.

Hr. Dab. (nähert sich.) Lieber Oheim, ich habe alles gesehen, alles beobachtet, und das Herz dieses würdigen Jünglings hat sich meinen Blicken ganz gezeigt. Ich will ihm ein tugendhaftes Mädchen anbieten; ich kenne eine solche, die ein fühlbares, sogar zärtliches Herz besizt, aber sie hat einen klugen, hülfreichen Freund, welcher ihre Fühlbarkeit seit ihrer Kindheit bewachet. Sie hat alles, was ihr am meisten angelegen ist, seinen Händen anvertraut. Sie wird ihm immer lieber seyn, als alles, was er jemals auf der Welt lieben könnte; er liest alle Geheimnisse ihres Herzens; Kurz, von ihm hängt der Entschluß ihrer Wahl ab. Unser Jenneval, lieber Oheim, scheint mir dazu gebohren, von einem solchen Herzen, wie das ihrige ist, geliebt zu werden, denn ich unterstehe mich hier für die edeldenkende Seele des einen und die Zärtlichkeit der andern Bürge zu seyn.

Luc. (verwirrt, gerührt, verräth sich aller Augen durch ihre Verlegenheit) Mein Vater!

Hr. Dab. (spöttisch.) Lucile glaubt also, daß ich von ihr rede?

Luc. (auf das zärtlichste gerührt.) Ach! mein Vater!

Hr. Dab. Die falsche Schamhaftigkeit, die du in diesem Augenblicke fühlest, meine Tochter, denn es ist wirklich eine solche, ist die einzige Schwachheit, die ich dir vorwerfe.

Luc. Ach! erlauben Sie Ihrer Tochter, sich zu entfernen.

Jennev. (bey Seite) Ich würde mich für strafbar halten, wenn ich noch anstünde. (laut.) Der Schleyer ist gefallen, liebenswürdige Lucile; ein verehrungswürdiger Vater flößt mir Muth ein; ich sehe niemand mehr auf der Welt, die der eifrigsten Liebe würdig wäre, als Sie allein —— Ach! wie soll ich Empfindungen ausdrücken, die mir immer so werth waren, die ich aber verläugnet habe; kann wohl mein ganzes Leben austilgen —— Verblendet, lieh ich Ihre Tugenden einem Gegenstande, der sie niemals kannte —— Ach! Sie waren es, die ich so heftig liebte —— Sie sehen einen neuen Menschen.

Luc. Wenn Ihre Reue aufrichtig ist, mein Herr, so tilgt sie in meinen Augen alle Ihre Fehler. Mein Vater hat Ihnen seine Hochachtung nicht entzogen, Sie haben noch ein Recht auf die meinige. Ein noch sanfter Gefühl würde Ihnen zu theil geworden seyn, wenn Sie dasjenige geblieben wären, was Sie zu seyn schienen —

Jennev. (mit feurigem Eifer.) Ach! Sie werden mich Ihrer würdig sehen. Ich schwöre es Ihnen zu Ihren Füssen; würdigen Sie mich Ihrer Aufmunterung und mit einem einzigen Blicke werden Sie alles aus mir machen, was ich seyn soll. Wie glüklich wäre ich, wenn Sie Ihre Wohlthaten über die künftigen Tage meines Lebens verbreiten wollten.

Hr. Ducr. Dieß ist vollkommen recht geredet, mein Vetter; ich bin wohl mit dir zufrieden, liebe dieses redliche und tugendhafte Frauenzimmer recht und von ganzem Herzen. Seit diesem Augenblicke kannst du auf meine Erbschaft so gewiß, als auf meine Freundschaft zählen. Meine Herren, ich habe an ihm immer einen im Grunde sehr guten Charakter gekannt. Er hat mir sehr vielen Kummer verursacht, aber, Gott sey Dank, hier sehe ich das Ende desselben.

Jennev. (zu dem Herrn Dabelle) So ist dieß also die Art, wie Sie mich strafen? —— Ach! alles läßt mich empfinden, daß bey Ihnen das Gefühl der Liebe noch stärker ist, als jenes der Ehrfurcht.

Hr. Dab. Unsere Seelen verstehen einander, lieber Jenneval, sie sind dazu erschaffen, miteinander vereiniget zu werden —— Du wirst das Ende meiner Laufbahne sanft und glüklich machen —— (zu seiner Tochter.) Hilf mir einen empfindungsvollen und tugendhaften Jüngling von den Fallstricken des Lasters, die er nicht kennet, erretten, damit alle Herzen seiner gethanen Wahl ihren Beyfall gewähren.

Luc. Mein Vater! ach! ich fürchte, Sie hören nur mein Herz an ——

Hr. Dab. Sey ruhig, glaube mir, sey kein Sachwalter wider ihn.

Jennev. (küßt der Lucile die Hand.) Wie soll ich alles dasjenige ausdrücken, was ich empfinde! Ich werde aus der Verzweiflung gezogen, um das reineste Glück zu geniessen! —— Welch schneller und unvermutheter Uebergang! Schönste Lucile, nein, ich bin Ihnen nicht ungetreu gewesen, ich liebe Sie zu sehr, als daß ich glauben sollte, daß ich einen Augenblick aufgehört hätte, so viele zusammen vereinte Vollkommenheiten verehrend zu lieben.

Hr. Ducr. (zu dem Herrn Dabelle.) Aber Sie sind ein wunderbarer Mann. Wissen Sie wohl, daß Sie mich ganz weichherzig gemacht haben, mich, der ich gar nicht weichlich bin? Wie lebhaft lassen Sie mich das Vergnügen empfinden, welches man geniesen muß, wenn man wohlthätig ist! Erst in diesem Augenblicke habe ich bemerkt, daß Ihr Charakter viel besser ist, als der meinige. Ich fühle, wie sanft, wie angenehm es mir seyn würde, wenn ich Ihnen gleichen könnte. Ich weiß mir Gerechtigkeit wiederfahren zu lassen. Ich verstelle mich nicht, ich berge nicht, daß ich vielleicht zu streng gewesen bin, aber auch die Jugend, die Jugend — Doch, gut, Ihre Gütigkeiten werden meinem Gewissen keine Vorwürfe mehr machen. (zur Lucile.) Liebes, schönes und tugendhaftes Fräulein, wenn Sie sich nicht davor fürchten, einen Oheim zu haben, der so murrisch ist, wie ich; wenn Sie mein ungestümmes Wesen nicht schrekt, so müssen Sie mir erlauben, wenn es Ihnen gefällig ist, dieses schöne niedliche Händchen in meines Vetters Hand zu legen, und dieß alles seiner Reue wegen — der arme Junge! wie sehr hat er gelitten! aber wie glüklich wird er seyn! (zu dem Herrn Dabelle) Wenn seine Rechte ausgelernet sind, so verheyrathe ich ihn und kaufe ihm die schönste Stelle, die mir zu bekommen möglich ist.

Jenney. Mein lieber Oheim! — ach! mein Herr! — ach! reitzende Lucile! Ein ewiges Gefühl der Liebe und der Erkenntlichkeit — Mein Herz verliert sich bey Ihnen allen dreyen und kaum kann es Sie von einander unterscheiden — Lieber Bonnemer, wer hätte es sagen sollen — Aber, welch bittres Andenken mischet sich in meine Freude! — Erinnerst du dich an jenen Augenblick, wo ich, taub für die Stimme der Freundschaft, dich beleidigte? — Wirst du wohl vergessen —

Bonnem. Ich sehe nichts, ich empfinde nichts mehr, als dein Glück — Du hattest es verdient — Du wirst sehen, was für ein Unterschied zwischen einer wohl angewandten Liebe und einer solchen ist, vor der man errōthen muß.

Hr. Dab. Man rede von nichts mehr, als von der Freude, die herrschen soll. Dieser Tag ist gezeichnet, als einer der schönsten Tage meines Lebens.

Jenney. So lang ich leben werde, wird er dem meinigen zum Beyspiele dienen, und Ihre Hand, liebe Lucile — wenn ich so glüklich bin, sie zu erhalten — wird der Lohn meiner Tugenden werden.

www.ingramcontent.com/pod-product-compliance
Lightning Source LLC
Chambersburg PA
CBHW020754020726
47495CB00008B/2429
* 9 7 8 3 7 4 3 6 7 7 8 6 9 *